VIDA PEREGRINA

mariana kalil

vida peregrina

Uma jornada de desequilíbrios, tropeços e aprendizado

1ª reimpressão

Porto Alegre
2013

Preparação
Luciana Thomé

Capa
Titha Kraemer — Bendito Design

Ilustrações
Bebel Callage

Revisão
Rodrigo Rosp

Dados Internacionais de Catalogação na Publicação (CIP)

K14v Kalil, Mariana
Vida peregrina / Mariana Kalil. — Porto Alegre : Dublinense, 2013.
160 p. ; 21 cm.

ISBN: 978-85-8318-014-2

1. Crônicas Brasileiras. 2. Literatura Brasileira. I. Título.

CDD 869.987

Catalogação na fonte: Ginamara Lima Jacques Pinto (CRB 10/1204)

Av. Augusto Meyer, 163/605
Auxiliadora — Porto Alegre — RS

contato@dublinense.com.br

dublinense

Índice

À minha amorosa família,
que esteve, está
e estará sempre por perto

"Si no sabes a donde vas, regresa
para saber de donde vienes."
Provérbio espanhol

Antes tarde do que nunca

Demorou para que eu entendesse a impermanência da vida. Demorou até compreender que estamos sempre em trânsito, o mundo em constante movimento e quem sou hoje, com todas as minhas convicções absolutas, posso deixar de ser amanhã. Demorou até concluir que não há nada de errado em mudar de opinião a respeito do mundo, das pessoas e, especialmente, a respeito de nós mesmos. Não há nada de errado em trocar de roupa, mudar de rota, se arrepender e se reinventar.

Durante muitos anos, convivi com uma severa autocrítica e uma propensão quase doentia de me levar a sério demais, característica agravada pela leitura exagerada desses livros que contemplam perguntas existencialistas da série *onde sou e onde é que me encaixo*. Sempre mantive o hábito da reflexão e do olhar interior a fim de observar virtudes e defeitos e, a partir dessas descobertas, tentar acertar mais e errar menos. Mas percebi que tem uma hora em que é preciso viver mais e pensar menos, praticar mais e teorizar menos e tropeçar no erro para festejar o acerto.

Demorou até me permitir errar, conseguir gostar de quem sou e achar graça da minha própria imperfeição. Demorou quase 40 anos até conhecer o equilíbrio e enxergar o ser humano falho, e nem por isso menos nobre, que há em mim. Demorou até aprender a liberdade de rir de mim mesma.

Foi preciso embarcar em uma longa viagem de peregrinação interior e exterior, cheia de idas e vindas, até conseguir desfrutar do alívio de viver em paz — e a primeira escala dessa jornada começou precisamente no dia 10 de março de 1997.

Eu queria ser cantora, eu queria ser artista

No dia 10 de março de 1997, desembarquei no Aeroporto de Congonhas, em São Paulo, com uma mão na frente, outra atrás, minha mãe e uma mala. Tinha 24 anos, estava formada em jornalismo havia quatro e queria porque queria trabalhar em outra cidade, queria porque queria aprender mais sobre minha profissão, queria porque queria chegar próximo a novos horizontes, queria porque queria sentir outros ares, queria porque queria nem sei bem lá o quê. A única coisa que sabia de verdade que queria porque queria era ir embora de Porto Alegre. No dia 10 de março de 1997, consegui.

O plano de fuga havia começado a ser mentalmente elaborado cinco meses antes, com uma notificação que recebi do então diretor de redação do jornal em que eu trabalhava:

— Gostei muito da matéria sobre a Vera Fischer. Fale comigo.

A curiosidade dele quando escreveu aquele *fale comigo* dizia respeito ao meu interesse em deixar Porto Alegre para exercer a profissão em centros maiores.

— Você tem talento e é muito jovem, Mariana. Pode ir pra onde quiser — sentenciou.

O problema foi que eu acreditei — e não só acreditei como passei a viver atordoada com aquela provocação: "Posso ir pra onde quiser. Preciso ir pra algum lugar. E agora? Pra onde eu vou?"

A pergunta estonteou minha mente dias e noites. Havia encasquetado que precisava mudar de ares, de emprego, conhecer pessoas, viver em outros lugares. Aquela instigação nada mais foi do que a gota d'água em um balde que já estava prestes a transbordar havia algum tempo. Alçar voo era até então um desejo íntimo reprimido. Se algum dia, em algum momento, em alguma fração de segundo havia por algum devaneio cogitado a hipótese de bater asas para longe de casa, no instante seguinte eu mesma tinha tratado de abafar a utopia.

Não cursei jornalismo porque meu sonho era derrubar presidente ou escrever reportagens vencedoras de prêmios. Tampouco fiz jornalismo para me debater com dezenas de colegas atrás da palavra de um político ou de uma contratação midiática do futebol. A guerra pelo chamado *furo jornalístico* nunca me seduziu. Estudei jornalismo porque foi a profissão mais próxima que encontrei de um universo criativo que sempre me encantou. Desde criança, invento histórias, escrevo diários, crio roteiros imaginários — um desejo precoce de viver muitas vidas em uma só.

Como diz a jornalista Rosiska Darcy de Oliveira, a imortal ocupante da cadeira 10 da Academia Brasileira de Letras, "os escritores que lidam com o imaginário têm em mente que só uma vida é muito pouco; por essa razão, inventam várias". Faço minhas as palavras dela. O peruano Mario Vargas Llosa chamava isso de intenção de corrigir o mundo. Já que ele não é como você quer, invente outro.

Como meu mundo não era exatamente como eu queria, inventava vários — e para dar vazão ao desejo de ser muitas em uma só, acalentava o sonho infantil, que mantive durante boa parte da adolescência, de ser.... artista! Primogênita de uma família convencional, com pai médico e mãe empresária, enxerguei no jornalismo uma forma de não radicalizar demais na escolha da profissão — uma possível porta de entrada para esse universo de luzes, câmeras e ação que tanto me fascinava.

Aos 11 anos, já colecionava uma série de microfones para variados fins. Eles eram de incontáveis modelos e tamanhos, com fio e sem fio, de brinquedo e de verdade. Funcionavam alto aos domingos. A família aparecia para o café da manhã, e eu já estava posicionada no meu palco particular, no meio da sala de casa, com o som ligado dublando todas as faixas do álbum do Balão Mágico. Não satisfeita com a diversidade de números musicais, bastava enxergar meus irmãos para obrigá-los a me concederem uma série de entrevistas. As perguntas tinham uma elaboração própria da idade:

— Como é o todo teu nome?

— Quantos anos tu tem?

— Qual é o nome do teu pai?

— E o da tua mãe?

— Em qual colégio tu estuda?

Lucia, a caçula, então com quatro anos, era meu alvo preferido, pois via em mim a imagem de um ídolo e primava pela servidão à irmã mais velha. Fazia tudo que eu queria. Conrado, de oito, tumultuava bastante o ambiente de trabalho. Jamais permanecia sentado na poltrona do entrevistado, o que me deixava bastante contrariada.

— Conrado, estamos no meio de uma entrevista — repreendia. — Tu poderia parar de dar cambalhotas?

As entrevistas serviam para o momento máximo do show: a apresentação do telejornal ancorado por mim, óbvio. Recortava o fundo de caixas de papelão, colocava a família toda sentada em frente à tela daquela televisão imaginária e anunciava:

— Aqui é a Mariana Kalil para o Jornal Nacional e o Fantástico.

Essa era a porção jornalista da veia artística que trazia na alma. Havia também a faceta atriz. A mais emblemática por pouco não provocou um infarto fulminante na matriarca.

Ao chegar do trabalho, minha mãe encontrou sua filha rastejando no meio da escada que dava acesso aos quartos da casa. Eu subia os degraus apenas utilizando a força dos braços e dos ombros. Havia imobilizado meu corpo da cintura para baixo.

— Meu Deus, Mariana! O que é isso, minha filha?

— Sou a Simone, mãe.

— Que Simone, Mariana?

— Da novela!

Em 1986, a Globo transmitia o remake da novela *Selva de pedra*, e a personagem Simone, interpretada pela atriz Fernanda Torres, havia sido vítima de uma paralisia nas pernas após um acidente — exatamente como eu, no fértil terreno da minha imaginação.

Aos 13, resolvi investir na porção cantora. Ganhei um violão de presente e, no Natal seguinte, pedi uma guitarra elétrica. Fui inscrita pelo professor de música em um festival nativista promovido pelo Colégio Farroupilha, onde cursava a oitava série. Ele havia composto *Sentimento gaudério* e não tinha a menor dúvida de que eu era a aluna ideal para interpretá-la. Jamais me ocorreu tirar a razão do mestre. No dia do ensaio geral, fui levada por um pai todo orgulhoso até o pavilhão onde o professor e o grupo de músicos me esperavam.

Em cima do palco, uma senhora fazia exercícios de dicção e encarnava um Luciano Pavarotti de saias, com um timbre de voz que alcançava um agudo impressionante: "Chia, chia, querida / amaaaaaada / veneraaaaada..." — a canção trazia a história da chaleira de chimarrão.

Fiquei pela coxia, admirando aquela voz incrível e esperando a minha vez de tomar posse do microfone. Um colega se aproximou.

— Tu vai ensaiar? — perguntou.

— Vou. Depois dela — respondi, vidrada no palco.

— Sabia que ela é cantora profissional?

— Não.

— Ela é a favorita pra ganhar o prêmio de cantora.

Pouco importava qualquer prêmio. Eu só queria estar em cima do palco. Terminado o ensaio, voltamos para casa, tomei banho, me vesti e, na noite de 23 de setembro de 1986, voltei ao ginásio para o Primeiro Entrevero da Canção Nativista em comemoração aos 100 anos do Colégio Farroupilha. Estava escoltada pela família, que se acomodou no auditório lotado, enquanto eu, a estrela, peguei o caminho dos bastidores para me juntar ao restante da constelação.

Todos os grupos subiam ao palco pilchados, afinal, era um entrevero de canção nativista. Eu usava legging preta, All Star, camiseta de monstros coloridos e casaco amarelo por cima. Fui a zebra do festival. Ninguém acreditou quando o mestre de cerimônias anunciou a Mariana Kalil como a grande vencedora do troféu de melhor intérprete.

Sempre fui atriz em sala de aula. Com timidez para falar em público, cada vez que precisava apresentar algum trabalho para a turma, encarnava outra personagem. Escrevia e encenava peças de teatro, criava e cantava músicas sobre fungos e bactérias, sobre a tabela periódica, sobre côncavos e convexos, sobre raiz quadrada e logaritmos — e assim ia passando de ano em biologia, física, química e matemática, matérias que me levavam a passar a noite da véspera das provas de quatro no chão do banheiro, agarrada no vaso sanitário, me esvaindo em vômito.

Pelo temperamento introspectivo, pela característica de falar pouco e pela forma tranquila e delicada como sempre agi, meus pais tinham certeza que eu daria uma excelente... dentista! Além do mais, tinha meio caminho andado. Meu pai possuía uma sala comercial perto de casa, que poderia ser transformada no futuro consultório da primogênita. Bastava um xis na opção odontologia e meu futuro estava garantido.

Profissão de cartas claras sobre a mesa

Nunca fui adolescente questionadora ou rebelde, pelo contrário. Sempre ouvi e acatei os conselhos e as sugestões dos meus pais e sempre tive certeza de que tudo que dizem é com um único e exclusivo objetivo: minha felicidade e bem-estar. Se eles acreditavam que o futuro feliz da primogênita apontava para a odontologia como profissão, quem era eu para contestar? Só que, neste específico caso, um diabinho desafiador empoleirou-se no meu ombro, próximo ao ouvido, e resolveu se manifestar.

Na véspera da inscrição no vestibular, descobri o telefone de um astrólogo que morava perto do Centro de Porto Alegre. Liguei, passei meu nome completo, local e data de nascimento e marquei hora para ouvir o que os astros tinham a dizer a respeito do meu futuro como dentista, uma vez que eu mesma não estava muito convicta da ideia. Até pouco tempo atrás, acreditava piamente em tudo que os astros diziam, nos profissionais sérios e também nos charlatões. Era do tipo que me atirava em queda livre de cabeça em uma pedra caso a conjunção do sol em Sagitário com o planeta Mercúrio na minha casa cinco no momento da mudança da lua cheia para a minguante apontasse para essa direção. Foi com a crença em outro plano capaz de saber da minha vida e do meu futuro muito melhor do que eu que me dirigi a uma ruazinha estreita próxima à Santa Casa de Misericórdia e toquei a campainha da casa do astrólogo.

Ele despejou na minha cabeça um balde de água fria na percepção da odontologia como ideal. Eu jamais deveria ficar trancada em algum lugar, muito menos entre as quatro paredes de um consultório médico. Minha satisfação profissional apontava para a direção oposta.

— Teu futuro é a comunicação — decretou aquela pessoa estranha e franzina que nunca tinha visto na vida.

— Meus pais dizem que eu deveria fazer odontologia — respondi.

— De maneira nenhuma. Te dou duas opções para ser feliz: jornalismo ou publicidade e propaganda.

Estava encerrada a sessão. No dia seguinte, marquei um xis bem grande em comunicação social — jornalismo com a certeza de que dava o primeiro passo rumo ao estrelato.

Quem mandou não ir para o Caribe?

A faculdade de jornalismo foi a época mais feliz da minha vida em sala de aula. Eu não fazia o menor esforço para tirar ótimas notas. Era boa aluna em todas as cadeiras. Me destacava, sobretudo, em televisão. No último ano da faculdade, fui convidada para um estágio na TVE. Da noite para o dia, me tornei a repórter responsável pela área de esporte amador da emissora. Me sentia a verdadeira correspondente internacional de guerra cobrindo campeonato de bocha, vela e boliche.

Tão logo me formei, com 20 anos, recebi convite para trocar a TVE pela TV Bandeirantes. Durei apenas um mês na nova casa. Quando toda a diretoria foi demitida, eu fui uma das primeiras a ser convidada a me retirar. Para piorar a situação, não tinha pai nem mãe por perto para algum consolo. Em pleno mês de julho, toda a minha família curtia férias no azul do mar do Caribe, convite que eu havia recusado com ar de ofendida.

— Como assim férias no Caribe? Esqueceram que eu sou uma jornalista em plena ascensão profissional e acabei de mudar de emprego?

Sozinha, recém-formada e desempregada abruptamente no frio do inverno gaúcho, construí um terreno fértil para todos os meus dramas existenciais. Muito pior do que o sofrimento propriamente dito era a minha predileção pela dor. Eu gostava de cultivá-la. Saía a caminhar a esmo pela rua, lágrimas ao vento, questionando o porquê e o como de tudo, como se me restassem apenas poucas horas de vida e aquele emprego fosse minha última oportunidade de ser feliz. Escrevia poemas trágicos, lia em voz alta em frente ao espelho, tinha uma pena de dar dó de mim mesma. O estado deplorável de autocomiseração recebeu o tiro de misericórdia quando me vi reprovada no projeto Caras Novas da RBS TV. Não havia dúvida: eu era um desastre absoluto, um pobre bicho digno de compaixão.

Acredito na existência de uma mão divina, ou na presença de anjos da guarda, ou algo assim, que, em alguns momentos, contribuem com sua parte na nossa trajetória. Não sei se isso pode ser chamado de sorte ou destino. Mas acredito também que é preciso cooperar e fazer a lição de casa. Em suma: nada cai do céu. É mais ou menos como a Mega-Sena. Sou a rainha de reclamar que nunca ganhei e jamais ganharei a bolada.

— Mas tu tem o hábito de jogar? — provoca meu marido.

— Não, nunca.

— Então, realmente, fica complicado.

Eu acreditava estar fazendo minha parte por um lugar ao sol na profissão. Só que a mão divina e meu anjo da guarda não estavam dando nenhuma forcinha. Era só cara na porta, e a porta não se abria. Numa dessas tardes em que o inverno costuma dar uma trégua, aproveitava o veranico estirada na grama do Parque Moinhos de Vento, enquanto curtia o meu dramalhão particular lendo *Vá aonde seu coração mandar*, da escritora italiana Susanna Tamaro. Me detive no seguinte trecho:

"A vida não é uma corrida, mas um tiro ao alvo: o que conta não é a economia de tempo, senão a capacidade de encontrar um objetivo. Toda vez que, crescendo, tiver vontade de transformar as coisas erradas em coisas certas, lembre-se de que a primeira revolução a ser feita é aquela dentro de nós mesmos, a primeira e mais importante. Lutar por uma ideia sem ter uma ideia de si mesma é uma das coisas mais perigosas que alguém pode fazer".

Touché!

Era isso! Dei um salto da grama. Lembrei as minhas aulas de catequese: semear onde se tem realmente condições de fazer uma boa semeadura. O ensinamento é bíblico. Quando entendi que a ideia que eu tinha de mim mesma talvez estivesse equivocada, que estava insistindo em fazer a minha semeadura em terreno inapropriado, tudo começou a fazer sentido. Não demorou para o anjo da guarda escancarar a porta — e a mão divina estender um lindo tapete vermelho para que eu entrasse no universo da redação de um jornal e no mundo encantado da escrita para nele me reconhecer e nunca mais sair.

O momento de atravessar a grande água

Três anos se passaram, agora sim em plena ascensão profissional, até o dia em que voltei a ser assombrada por aquela antiga provocação que mais parecia um fantasma com alto-falante:

— Você tem talento e é muito jovem, Mariana. Pode ir pra onde quiser.

"Posso ir pra onde quiser. Preciso ir pra algum lugar. E agora? Pra onde eu vou?"

Consultei meu oráculo particular, o I Ching, que guardava como relíquia embaixo do travesseiro. O I Ching, ou Livro das Mutações, é considerado o mais antigo livro de sabedoria do mundo, usado desde períodos muito antigos da história da China. Nele está condensada uma filosofia que norteou, ao longo dos séculos, a ciência e a arte de governar do povo chinês. Não por acaso, dizem os estudiosos, o I Ching escapou da grande queima de livros ocorrida no período de Ch'in Shih Huang — conhecido como o Primeiro Imperador chinês, responsável pelo início da construção da Grande Muralha.

Traduzindo para os dias de hoje e para o mundo ocidental, o I Ching é uma maneira de nos comunicarmos como o nosso *eu maior*. Mas é preciso acreditar no oráculo e, sobretudo, aceitar sua resposta, por menos bem-vinda que ela possa ser. Algumas regras fazem parte do jogo.

Regra 1: usar o I Ching somente para coisas importantes.

Regra 2: jogar apenas uma vez ao dia.

Regra 3: fazer o mesmo ritual sempre que for jogar.

Regra 4: fazer perguntas específicas e cujas respostas devem ser ações a serem tomadas.

Regra 5: comprometer-se a seguir fielmente as orientações recebidas.

Regra 6: jogar novamente pelo mesmo motivo apenas três meses depois, ou se algum fato novo e muito importante ocorrer.

Encerrada no quarto e sentada no chão, criei coragem para conhecer a resposta do meu *eu maior*. Abri o I Ching e tirei as três moedas de Feng Shui guardadas no saquinho preto de veludo entre as páginas. Coloquei as moedas entre as mãos, juntei as mãos em concha, fechei os olhos, sacudi e joguei as moedas sobre o oráculo.

— Devo pedir demissão amanhã? — perguntei seis vezes, a cada jogada.

A resposta foi a formação do Hexagrama 61:

3227 ______________

3227 ______________

3228 _____ _______

3228 _____ _______

3227 ______________

3339 ______________

Na manhã seguinte, coloquei em prática a Regra 5 do I Ching e segui fielmente as orientações recebidas do oráculo chinês: pedi demissão. A resolução do Hexagrama 61 era muito clara:

VERDADE INTERIOR

Porcos e peixes.

Boa fortuna!

É favorável atravessar a grande água.

Esqueci, apenas, de uma pergunta fundamental: se havia lugar para mim no bote salva-vidas.

O mundo sob a ótica cor de rosa

Minha irmã costuma dizer que vejo o mundo com um par de óculos cor de rosa particular. Segundo ela, tudo funciona à sua maneira e ao seu ritmo no "fantástico mundo da Mariana". No fantástico mundo da Mariana, consultar o I Ching, obedecer sua orientação, pedir demissão de um emprego bom, estável e no qual me destacava, fazer as malas e mudar de cidade sem ter sequer onde morar e trabalhar era algo absolutamente irrelevante. Essencial mesmo era partir — sem saber muito bem para onde nem o porquê.

— Mariana, a mãe vai contigo — dizia minha mãe, parada na porta do quarto, com as duas mãos na cintura, enquanto eu tentava acomodar em duas malas o meu guarda-roupa de sobrevivência.

— Não precisa, mãe. É uma decisão minha. É por minha conta e risco e vou sozinha — eu respondia, sem dar muito ar de solenidade àquele momento.

— Mas onde é que tu vai morar, minha filha? — ela queria saber.

— Não sei, mãe. Lá eu vejo.

— Como *lá, eu vejo*, Mariana? *Lá eu vejo, lá eu vejo...* Ora, *lá eu vejo*? Vê o quê? Quando desembarcar em São Paulo e entrar no táxi, vai pedir ao motorista pra te levar pra onde com duas malas, minha filha? Enlouqueceu de vez?

Não havia nenhuma insanidade na minha pressa e determinação, apesar de todo aquele cenário aparentar justamente o contrário. O que tinha era muito medo de amarelar, de ter armado todo o circo, de ter tido a coragem de chegar até ali e, de repente, morrer na praia. Toda aquela pressa nada mais era do que o desejo de escapar da ideia de que as coisas podiam não funcionar conforme o planejado no meu mundo sem espaço para falhas.

Acredito que a tomada de decisões radicais é mais fácil para quem não tem muito a perder, e eu tinha um bocado: um bom emprego, um salário legal para a minha idade, carro próprio, casa, comida e roupa lavada, uma turma de amigos, uma família querida e todos os meus cachorros na volta. Trocaria todo esse conforto por um horizonte nebuloso e incerto, mas me apegava a ele com a convicção de que encontraria de volta algo que vinha perdendo dia após dia: o entusiasmo.

Sempre acreditei que quando vivemos uma vida incoerente com nossos desejos e com tudo aquilo que temos capacidade de ser, criar e realizar, aos poucos vamos nos desestimulando, desconfiando da própria vida e de nós mesmos.

Não adiantou convocar a família inteira para declamar minha sábia reflexão de que os anos enrugam a pele, mas renunciar ao ideal enruga a alma, com a voz empostada, os braços ao alto e os indicadores em riste. Fiquei falando sozinha. E não tinha ideia do quão sozinha aquela decisão faria me sentir nos dias e meses que estavam por vir.

Em São Paulo, de malas e mãe

O motorista do táxi abriu o porta-malas, retirou os dois volumes e me deixou sem destino certo na esquina da Alameda Casa Branca com a Alameda Lorena. A mãe, claro, estava comigo. Aliás, foi dela a decisão de saltarmos naquela região. Minha mãe só ficaria mais tranquila se me instalasse em algum ponto dos Jardins.

Saímos arrastando as duas malas Alameda Lorena afora.

— Cuida os flats do lado esquerdo que eu cuido os do lado direito, Mariana — dizia ela. — Se a gente gostar da portaria, pedimos pra ver o quarto.

Não foi preciso andar muito. Logo na primeira quadra, à direita, ela apontou:

— Lá, olha! Flat St. Regis. Vamos! — disse, estendendo a mão.

— O que é isso, mãe? — perguntei, olhando para aquela mão estendida.

— Dá a mão pra mãe pra atravessar a rua.

Havia dois apartamentos disponíveis para alugar. O preço e o custo-benefício nos levaram a escolher o menor, que estava de ótimo tamanho. Tinha uma boa sala com sacada, cozinha conjugada, quarto e banheiro. Só não contava com área de serviço. Para lavar roupa, tinha que recorrer à lavanderia mais próxima — uma perda de energia grande e de investimento maior ainda, que viria a sentir duramente mais tarde na pele e no bolso.

Fizemos contrato de aluguel, deixamos as malas no quarto e descemos até a loja de conveniência do posto de gasolina localizado na esquina. Compramos água, café, filtro, coador, um saco de pão de queijo congelado, uma garrafa de suco de laranja e garantimos, assim, o desjejum do dia seguinte. Desarrumei a mudança com a ajuda da mãe e, à noite, ela telefonou para o pai assegurando que eu estava bem instalada.

Ficou combinado que eles pagariam o aluguel do flat até eu conseguir uma colocação profissional. Antes de sair de Porto Alegre, fechei um novo contrato de trabalho com meu antigo emprego, que consistia em enviar reportagens e entrevistas para os cadernos de fim de semana do jornal. Ganharia um terço do meu antigo salário para sobreviver em São Paulo, mas era o preço que estava disposta a pagar pelo sonho de ser alguém, ainda sem saber muito bem quem.

No dia seguinte, depois do café da manhã e do reconhecimento da vizinhança, minha mãe acomodou meu rosto entre as mãos, desfiou um rol de recomendações, me deu um beijo, um abraço bem apertado e partiu. No meio da sala do flat transformado em minha nova casa, fiquei observando a porta bater e o silêncio entrar. Montei minha redação particular em uma das mesas do quarto. Naquela época, a internet era uma tecnologia pouco conhecida e ainda menos explorada. Escrevia matérias no meu notebook e enviava via linha telefônica.

Fiz alguns trabalhos frilas para instituições e revistas nacionais, mas nada especial e promissor. Até a teste para apresentadora de um programa chamado Basket Mania me submeti, torcendo para que aquele emprego ridículo se tornasse a vitrine para o meu talento, o motivo fundamental da minha vida e o visto de permanência definitiva na grande cidade.

Tinha momentos em que não via ou falava com ninguém. Houve uma semana em que fiquei três dias sem sair de casa, sem dar ou receber telefonemas. Não tinha grupo de amigos, não me relacionava, exceto com um amigo de infância do meu pai e com sua filha. Os dois me adotaram desde o momento em que pisei em São Paulo, mas tinham a vida deles, a rotina deles, o trabalho deles — e eu não gostava de atrapalhar. A solidão rendeu páginas e mais páginas de diários dedicados a servir de leitura para noites em claro de sofrimento e piedade de mim mesma.

Lembro até hoje do terceiro dia enclausurada em casa em silêncio. Eu assistia ao seriado *Felicity* na tevê acompanhada de um pote de 415 gramas de sorvete Häagen-Dazs de cheesecake de morango quando o telefone tocou. Era a mãe. Quando eu me preparei para dar um *oi, mãe!*, minha voz não saiu. Não por emoção, não por estar embargada ou algo do gênero. Eu estava havia tantas horas sem falar com ninguém que parecia ter perdido a capacidade de articular palavras e emitir qualquer som. Quando a voz finalmente saiu, soava como um grunhido das cavernas. No dia seguinte, seguindo estritas ordens maternas, me matriculei na academia para, ao menos, solicitar uma toalha no vestiário e auxílio do professor nos aparelhos de musculação.

Foi um período de muitas reflexões da série *quem sou eu e onde é que me encaixo* e de leituras espirituais, como os livros de Shirley MacLaine — sempre com títulos inspiradores para histórias melodramáticas como *Em busca do eu, Não caia da montanha, Dance enquanto é tempo, A vida é um palco*. Nunca escrevi tanto para mim mesma, nunca tomei tanto omeprazol para gastrite nervosa, nunca alimentei tantos dilemas, nunca questionei tanto a vida, nunca me levei tão a sério — e, por isso mesmo, nunca fui tão cruel comigo mesma. Os meses foram passando, as portas para novas oportunidades não foram se abrindo, mas evitava dividir a ansiedade e a angústia.

Não sei que espécie de tom rosa de óculos eu coloquei no rosto capaz de achar que, em menos de meio ano, eu já estaria trabalhando em um emprego dos sonhos e súper entrosada com a cidade. Talvez o mesmo tom e modelo de óculos cor de rosa perfeccionista e sem noção de outra forasteira como eu, que frequentava a mesma academia.

Secava meu cabelo com a toalha depois da aula de natação quando ouvi a conversa dela com a senhora que zelava pela limpeza do vestiário.

— Não acredito que em seis meses aqui você já queria estar enturmada e com a vida a pleno vapor — dizia a senhora, com sotaque nordestino, achando graça.

— Não é assim? — questionava a forasteira, praticamente tirando as palavras da minha boca.

— Minha filha, São Paulo é uma selva. Pra você se ambientar aqui são necessários de dois a três anos no mínimo. Daí você nunca mais vai querer ir embora.

Não tive tempo nem oportunidade de esperar até lá. Com seis meses em São Paulo, sem emprego fixo, solitária e quase infeliz, recebi um telefonema do jornal com um convite praticamente irrecusável diante daquela situação de pré-suicídio: voltar para Porto Alegre e me tornar colunista. Havia duas formas de encarar a realidade: vitória e derrota. Vitória pela lembrança da empresa e pelo resgate que me salvaria de um barco de depressão sem bote salva-vidas prestes a afundar de vez; derrota pelo retorno em si. Mas isso já era orgulho facilmente tratável no divã do psiquiatra — com direito 20 miligramas diárias de fluoxetina.

A verdade é que a capacidade de adaptação é útil até certo ponto. O pior é quando se transforma em resignação. Adaptar-se é uma forma de sobreviver; resignar-se é morrer. É como dizer: já que não tem solução, deixa ficar assim. Ou melhor: deixa ficar assim para que tudo piore.

Eu me sentia uma formiguinha resignada, perdida e acuada na pauliceia desvairada, caminhando devagarinho, passinho por passinho, a caminho do pior. Não me reconhecia mais. Estava na hora de engolir o orgulho de sabor amargo, enfiar a viola no saco e voltar urgentemente para casa.

A casa dentro do novo quarto

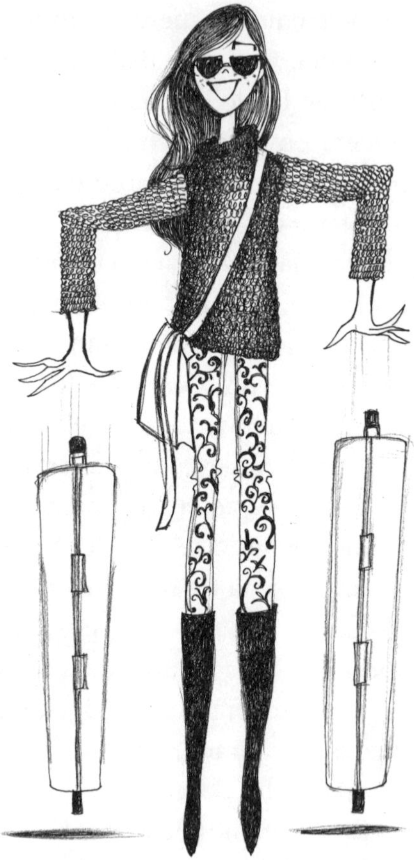

Sempre que passo por alguma mudança interior, uma das primeiras necessidades que sinto é arrumar o armário. Meu retorno para Porto Alegre foi mais ou menos como fazer uma limpeza no armário. A Mariana que voltou para a casa dos pais seis meses depois, apesar de ser a mesma Mariana de sempre, também era muito diferente. Tão diferente que não bastou arrumar o armário. Também mudei de quarto.

Abandonei meu antigo dormitório e me instalei no quarto do meu irmão, que, por sua vez, tinha abandonado seu quarto para instalar-se em um anexo da casa. Decorei meu novo quarto de forma completamente diferente. Tratei de enfiar dentro daquele novo espaço dessa nova etapa da vida tudo que existia dentro do apartamento em São Paulo — pequenos objetos de decoração, livros, revistas, porta-retratos, quinquilharias. E a cama, claro.

Retomei meus tempos de bonança. Morando na casa dos pais, com comida na mesa, carinho por perto e roupa lavada, eu, que havia conseguido sobreviver com um terço do antigo salário em São Paulo, agora ganhava quase o dobro do contracheque inicial. Era a própria magnata. Reencontrei as amigas, voltei a ter vida social, a frequentar um ambiente de trabalho, a ver a novela com a mãe, a comer o churrasquinho do pai aos domingos, a conviver com meus irmãos, a passear com meus cachorros.

Tudo andava muito bem, exceto uma luzinha vermelha que permanecia acesa lá no fundo da alma, uma luz que me angustiava, um sinal de alerta que avisava que aquele tempo era provisório. Dizem que passamos a vida procurando pessoas que nos ajudem a dissolver as nossas dúvidas. Porém, raramente temos dúvidas. O que temos são certezas que nos incomodam. Alguns transformam suas certezas internas em incertezas performáticas e passam a viver com mais drama e charme. Outros convivem com o incômodo de saber muito bem o que querem e pagam o preço que isso custa. Custa caro, mas não existe outro jeito de fazer a vida valer a pena.

Um ano e meio depois, quando recebi o telefonema da revista Época com o convite para me tornar repórter na redação em São Paulo, sabia que havia chegado a hora de enfrentar o incômodo de saber exatamente o que queria — e que pagaria um preço alto por isso: uma nova partida, uma nova despedida, novos dramas existenciais, novas exigências e crueldades comigo mesma. Só que não havia outro jeito de fazer a vida valer a pena.

O quarto dentro de duas malas

A palavra entusiasmo vem do grego e significa ter um deus dentro de si. Os gregos eram politeístas, ou seja, acreditavam em vários deuses. A pessoa entusiasmada era aquela possuída por um dos deuses e por causa disso poderia transformar a natureza, fazer as coisas acontecerem. Segundo os gregos, só pessoas entusiasmadas eram capazes de vencer os desafios do cotidiano. Era preciso, portanto, entusiasmar-se.

O entusiasmo é diferente do otimismo — e essa sempre foi a minha grande confusão. Otimismo significa acreditar que alguma coisa vai dar certo. Como sempre adotei a Lei de Murphy para tudo ("se alguma coisa pode dar errado, dará com a Mariana"), me considerava um ser humano pessimista. Não sou. Aliás, não sou otimista nem pessimista. Sou entusiasmada.

A pessoa entusiasmada é aquela que acredita na sua capacidade de transformar as coisas, de fazer dar certo. Entusiasmada é a pessoa que acredita em si. Acredita nos outros. Acredita na força que as pessoas têm de transformar o mundo e a própria realidade. Só há uma maneira de ser entusiasmado. É agir entusiasticamente. Não é o sucesso que traz o entusiasmo. É o entusiasmo que traz o sucesso.

Foi com essa personalidade entusiasmada que coloquei novamente todo o meu quarto dentro de duas malas e desembarquei em São Paulo pela segunda vez, acompanhada da mão da minha mãe para atravessar a rua em direção ao mesmo apartamento do mesmo flat. Minha humilde residência, fosse por coincidência ou conspiração divina, estava à minha espera.

Cheguei a São Paulo com um emprego certo, porém com muito mais medo do que da primeira vez, quando nada vislumbrava no horizonte. Ou tinha adquirido maturidade ou me tornara uma pessoa a menos sem noção no mundo. Ou ambas as coisas.

— Medo de quê? — perguntava a mãe, sem entender como eu tinha tido tanta coragem da primeira vez em que tudo era tão indefinido e resmungava agora que as coisas estavam encaminhadas.

— Medo de que um meteorito caia no prédio da Época? — debochava o pai.

Não sabia explicar. Talvez estivesse ressabiada. Era questão de intuição — e ela estava certa. O começo não foi nada fácil. Tinha deixado de ser colunista cultural de um jornal regional para me tornar repórter da editoria de geral de uma revista nacional. Tinha deixado o conforto de fazer o que sabia muito bem, como escrever a resenha de um livro ou o comentário de um desfile de moda, para me aventurar no desconhecido: cobrir dramas, enchentes, tragédias e manifestações.

Experimentei uma verdadeira provação. Na primeira pauta, o editor me mandou para o meio da Via Dutra atrás de histórias e reivindicações de caminhoneiros em greve. Fazia frio e chovia tudo que Deus mandava. Na segunda, fui enviada até a casa de uma apresentadora de televisão, de um estilista e de vários profissionais bem-sucedidos (e de gosto duvidoso) com a missão de tirar deles, sem que percebessem, claro, a declaração de que eram cafonas. A reportagem tinha até título me esperando na volta à redação: *O triunfo da breguice.* Ai de mim que não conseguisse as aspas necessárias. A cada saída para uma nova entrevista, entrava no carro da Editora Globo e ia até o destino mastigando uma pastilha de Milanta Plus atrás da outra contra dor de estômago.

Teve também uma reportagem de capa sobre a droga

do momento entre consumidores da classe média, o ecstasy. Só podia ser castigo. Justo eu, que sempre prezei pelo momento de chegar em casa, abrir um vinho, colocar meu pijama, relaxar e dormir cedo, me vi percorrendo madrugada adentro a agenda de festas raves da cidade, que duravam até a manhã do dia seguinte, para explicar a origem e o motivo do fenômeno, além de entrevistar pessoas que ficavam sorrindo com cara de debiloides, passando a mão no meu cabelo e me pedindo um abraço.

Sem falar nas manhãs peregrinando entre as galerias do Carandiru e do Cadeião de Pinheiros para ouvir histórias das "vovós-metralha", senhoras de 70, 80 anos, que cumpriam pena por tráfico de drogas, juravam inocência e me faziam voltar para casa com azia e a sensação de ter levado uma surra. Aliás, não foram poucas as vezes em que me vi na mesma posição em que costumava ficar na véspera das provas do colégio: de quatro no banheiro, agarrada na privada, vomitando tudo e mais um pouco.

O episódio mais emblemático aconteceu durante um plantão em frente à casa do ex-prefeito de São Paulo Celso Pitta. Vinha de uma semana exaustiva, era sexta-feira, estava prestes a deixar a redação com minha mala de mão para ir direto ao aeroporto, pegar a ponte aérea e passar o fim de semana com meus pais no Rio. Caminhava em direção ao elevador quando um colega disparou atrás de mim e me alcançou.

— Mariana, querem que você vá agora pra frente do prédio do Pitta.

— Como assim?

— Pra render o repórter que passou o dia lá.

"Mas eu vou pro Rio, vou ver meu pai e minha mãe, vou descansar, pegar uma praia, ter vida fora da redação... Por que eu?!", era o que eu tinha vontade de perguntar, gritar e espernear.

Quando se tem 20 e poucos anos e um único objetivo na vida — dar certo profissionalmente em um grande centro —, há certas perguntas que não devem ser feitas jamais.

— Já vou — respondi.

Fui até o banheiro, me encerrei em uma cabine e comecei a chorar. Coloquei a cabeça entre as pernas e chorei muito, chorei de soluçar. Aquilo não era nada justo, mas quem se importava?

Entrei com minha mala de mão no carro da editora e, em vez de descer em Congonhas, desci na frente do prédio do prefeito corrupto que acabava de destruir com o meu fim de semana de folga. Lá fiquei, a noite toda, até por volta de cinco da madrugada, quando me foi dada a carta de alforria, sentada em um canteiro, na companhia de uma legião de repórteres, esperando que ele aparecesse na portaria para dar alguma explicação sobre a roubalheira de que vinha sendo acusado.

Todo mundo tem uma válvula de escape no corpo para eliminar o estresse. Alguns sofrem de enxaqueca, outros desenvolvem herpes, dores nas costas. No meu caso, sempre sofri de gastrite nervosa. Contrariada do jeito que estava, não precisou muito para me render aos sucessivos ataques de vômito no meio-fio da calçada. Não pude sequer experimentar os bolinhos que dona Nicéia Pitta mandou sua empregada devidamente uniformizada oferecer em bandejas de prata para matar a fome dos miseráveis como eu.

Descobri na prática que escrever para uma revista semanal é completamente distinto de escrever para um jornal. O texto do jornal é factual; a revista semanal exige análise dos fatos, contextualização, compilação de acontecimentos, reflexão. Eu não tinha prática e tampouco aprendido a fazer nada disso.

O ritmo de trabalho era alucinante e algo insano. Às dez da manhã, já estava sentada na frente do computador. Às dez da noite, ainda não tinha saído de lá. Sem falar nas incontáveis ocasiões em que deixei o prédio da editora apenas na manhã do dia seguinte, feito uma morta-viva, com duas bochas debaixo dos olhos e com um último fio de resistência para enfrentar acordada o trânsito caótico de São Paulo numa guerra com motoristas que levavam larga vantagem sobre mim, uma vez que tinham dormido a noite inteira, tomado banho, café da manhã e voltavam refeitos para o trabalho. Eu retornava para casa 24 horas depois de ter saído, sem comer nem dormir. O meteorito não tinha caído uma única vez no prédio da Época, como brincou o pai. Ele despencava semanalmente em partículas na minha cabeça.

Não era privilégio exclusivo meu virar a noite no fechamento de edições. Até pouco tempo atrás, passar a madrugada em claro era sinônimo de glamour nas grandes redações. Nunca vi nada de glamoroso nesse tipo de sofrimento. Aliás, careço do espírito cristiano que assegura que sofrendo se aprende. Acho que sofrendo se sofre.

Fui ficando chateada, decepcionada e muito, muito cansada. Menos de um ano depois de começar a trabalhar em São Paulo, eu me perguntava seriamente o que tinha ido fazer por lá. Tentava não aparentar desânimo, mas mãe que é mãe está sempre de vigília e sabe melhor do que ninguém quando alguma coisa vai mal com um integrante da prole.

Minha mãe tentava tocar no assunto comigo quando ia me visitar, mas nunca fui uma filha de revelar a intimidade — sobretudo quando essa intimidade se mostrava passível de preocupação. O máximo que deixava era que ela metesse o bedelho no conteúdo da geladeira — lamentável como o meu estado. Sem tempo de almoçar ou jantar em casa, minha geladeira oferecia apenas água sem gás para não morrer de desidratação. Numa das despedidas por escrito que ela deixou no balcão do apartamento, havia uma preocupação subentendida quanto à minha saúde (física e mental) e também quanto à alimentação.

Amor de sua mãe,

Parece mentira que passei quase uma semana aqui e mal consegui falar contigo. Comprei algumas coisinhas, estão dentro da geladeira. Provei a casquinha de siri e achei ótima; do quibe não gostei muito e a tortinha de camarão não provei. Tem apenas meia caixinha de morangos e acho que deve comê-la, pois fruta faz falta, e os morangos estão deliciosos. Não vou te acordar porque sei que estás muito cansada. Um beijo e, já antes de partir, muita saudade.

Estava esgotada por ter virado mais uma madrugada na redação e acordei com aquela carta que me levou a cair aos prantos de joelhos no meio da sala. Sentei no chão e ali fiquei tentando acalmar a avalanche de soluços. Quando assumi o controle da catarse emocional, me submeti ao exercício de pensar de forma prática. Ninguém havia imposto nada. Eu havia buscado aquela realidade e não cabia a mim transformar o que antes era um sonho em pesadelo. Estava mais do que na hora de abandonar o espírito coitadista. Era preciso virar gente grande e jornalista grande.

Não demorou para que a lavagem cerebral e a mudança de mentalidade a que me submeti provocassem mudanças significativas — e que meu trabalho começasse a colecionar elogios. Passei a ser escalada para escrever sobre grandes temas. Muitos viraram reportagens de capa e tive algumas inscritas com otimismo da direção no Prêmio Esso de Jornalismo. Para quem havia cursado a faculdade com a pretensão de ser artista, só estar na disputa já era um feito e tanto. Aos poucos, eu começava a me permitir o segundo lugar no pódio.

A vida profissional engrenou, venci meu primeiro ano em São Paulo e percebi que era preciso, a partir daquele momento, dar uma olhada com mais carinho para o lado pessoal até então abandonado. Com financiamento paterno, comprei um pequeno apartamento com mais cara de casa do que o flat. Com financiamento materno, comprei uma mesa de centro, um sofá de dois lugares, uma poltrona, uma cama e uma escrivaninha. Com dinheiro próprio e pagamento à vista, comprei o bem mais precioso e incalculável de todos: o Bento.

Bento, meu companheiro de jornada

Há 12 anos, a raça lhasa apso ainda era pouco conhecida e difundida no Brasil. Tive contato com ela pela primeira vez por conta do Max, cachorro da minha mãe, que morreu ainda filhote de cinomose, da Filha, a cachorrinha da minha irmã, que faleceu precocemente em um acidente, e também graças ao Timóteo, que viveu felizes dez anos. A Filha e o Max haviam sido exemplares da raça em inteligência e docilidade; o Timóteo era um Adônis de quatro patas. Meu objetivo era juntar todas as virtudes em um lhasa só.

Havia um canil em São Bernardo do Campo, no Grande ABC, que criava a raça. Telefonei e expliquei que buscava um macho. Fui informada da existência de dois filhotes. Levaram até a pet shop no bairro Morumbi, e dirigi até lá torcendo para me apaixonar por um dos dois. Colocaram ambos em cima de um grande balcão à minha frente e nos deixaram a sós. Um deles era todo branquinho, bonito e robusto como o Timóteo quando filhote; o outro era desmilinguido e pequeninho, mas tinha o que os franceses chamam de *joie de vivre* — alegria de viver. Era faceiro, brincalhão, encantador. Entre beleza física e beleza de alma, fiquei com a segunda opção e levei o desmilinguido para casa.

Bento tinha um mês de vida quando deixou de ser órfão. Por conta das vacinas que ainda precisavam ser tomadas, não podia sair na rua. Ficou mais dois meses trancafiado em casa e não lembro de precisar repetir para ele que a sujeira deveria ser feita apenas no jornal aberto na sacada. Acho que já nasceu sabendo — e até hoje, 12 anos depois, conto nos dedos quando precisei limpar algum xixi ou cocô dentro de casa. Ele só vai ao banheiro na rua. E antes que alguém diga que sou daquelas donas de cachorro que permite ao animal fazer no espaço público o que é proibido no privado, deixo claro que não existo sem saquinhos plásticos em todos os bolsos de todas as calças do guarda-roupa.

Quando Bento completou três meses, fomos comemorar o fim da clausura com uma volta na quadra e terminamos o passeio na padaria na esquina do prédio. Pedimos uma média e um pão na chapa — e, desde então, miolo de pão e farináceos em geral são seus snacks preferidos. Foram tempos mais felizes. Fiz viagens para Colômbia e Nova Iorque pela revista, o trabalho andava de vento em popa, meus colegas se transformaram em amigos, a cidade se apresentou menos dura — e eu tinha cada vez mais a cara dela. São Paulo, sem dúvida, era minha nova casa.

Troquei o salto alto pelo All Star, o cabelão comprido pelo corte joãozinho, coloquei um piercing no nariz e me sentia a moderninha do baixo Augusta. Recebi alguns convites para trocar de emprego, mas apenas um deles me seduziu. Então, em agosto de 2001, estreei como editora de outra publicação, ganhando o dobro do salário anterior. Além de moderninha do baixo Augusta, agora me sentia a própria marajá.

A lua de mel com a cidade durou quase três anos. Aos poucos, e de maneira imperceptível, fui ficando esgotada com o ritmo de vida de São Paulo. Cansei de ganhar muito para gastar muito — e de viver só para isso. Cansei da lei da compensação que impera por lá de que a pessoa vale bastante pelo que ganha e mais ainda pelo que consome. Tinha que existir algo mais — em qualidade de vida, sobretudo. Eu vivia engessada naquela roda viva e só me dei conta do quão fatigada estava no dia do meu aniversário de 30 anos, quando decidi que me daria de presente um biquíni novo. Saí de casa às nove horas rumo à Rua Oscar Freire. Duas horas e meia depois, tinha chegado apenas na metade do caminho. Me vi trancada no trânsito como uma daquelas vovós-metralha do Cadeião de Pinheiros. Foi quando o celular tocou.

— Oi, mana, feliz aniversário!

Era a mãe.

— Mãe?

— Feliz aniversário, minha filha!

Desatei num choro só.

Na época, lia *Mar sem fim*, de Amir Klink, em que ele dizia que um homem precisa viajar. Por sua conta, não por meio de histórias, imagens, livros ou tevê. Precisa viajar por si, com seus olhos e pés, para entender o que é seu. Conhecer o frio para desfrutar do calor. Sentir a distância e o desabrigo para estar bem sob o próprio teto.

Eu já tinha provado para mim mesma de que era profissionalmente capaz. Agora, precisava urgentemente de uma trégua. Precisava viajar, ir para mais longe a fim de conseguir olhar minha vida de fora a tempo de, se fosse o caso, corrigir alguns incidentes de percurso. Precisava desenvolver um discernimento mais aguçado a respeito das coisas que realmente valem a pena na vida. Contabilizei as economias no banco, cogitei que o espanhol era o idioma que menos trabalho me causaria, busquei algo que me daria enorme prazer em estudar, cheguei à conclusão que era cinema, me matriculei em uma pós em roteiro, edição e direção e, no dia 10 de março de 2003 — exatamente seis anos depois de ter pisado em São Paulo pela primeira vez —, entrei em um avião da Iberia com escala em Madri e destino Barcelona para um ano sabático, que acabou se estendendo por quase dois. Dois grandes anos que mudariam para sempre meus valores e minha visão de mundo.

A felicidade em um pan con tomate

Bento assistiu ao sobrevoo e ao pouso do avião no aeroporto de Barcelona em pé no meu colo, com a fuça colada na janela. Viajamos juntos. Ele na casinha, embaixo da poltrona, comportado por quase 12 horas; eu com os olhos esbugalhados e sistema nervoso resistente a meio comprimido de Valium. Odeio avião e meio comprimido de Valium não foi suficiente para me fazer esquecer a ideia de permanecer durante 12 horas a onze mil metros de altura sobre o oceano. Aluguei um estúdio no bairro do Raval por três semanas, tempo que calculei ser o suficiente para procurar o apartamento definitivo junto às imobiliárias e aos proprietários de imóveis, que deixavam avisos de alquiller nos cafés com internet espalhados por toda a cidade.

Se já é complicado arrumar mala para passar 15 dias de férias na praia, que dirá arrumar a mala para passar um ano longe de casa vivendo as quatro estações bem-definidas. Minha mala — minhas três malas, aliás, pesando 60 quilos cada uma — não só me custou um inesquecível pagamento por excesso de bagagem como um drama na hora de entrar no táxi, descer do táxi, procurar o prédio do estúdio e subir três lances de uma escada muito estreita e íngreme, própria de antigas construções europeias. Barcelona ainda me ensinaria muito sobre a cultura do desapego.

Cheguei à cidade achando que sabia tudo do espanhol grosseiramente falado nos meus verões no Uruguai. Ninguém me entendia. Súbito, fiquei muda. Não tinha mais coragem de abrir a boca e tratei de me matricular em um curso para aprender o idioma com o mínimo de decência. Foram três semanas de contagem regressiva procurando apartamento antes de terminar o contrato temporário do estúdio. Enfim, ele apareceu, no bairro de Gràcia, uma região que ainda mantinha uma certa privacidade dos turistas e onde se ouvia bastante o catalão nos bares, nas ruas e nas esquinas.

Era um ótimo apartamento, localizado na Calle Berga, com duas sacadinhas, uma sala ampla, um comprido corredor que dava acesso ao banheiro, ao quarto e à cozinha, com lavadora de roupas embaixo da pia, e onde, ao final, chegava-se a um ambiente de fundos, com varal para estender toalhas e lençóis. O apartamento contava com duas camas de molas na sala, uma cama e um armário no quarto e só. A primeira providência foi fazer uma viagem de metrô até os arredores de Barcelona, onde estava localizada a Ikea, loja de departamentos sueca estilo Tok&Stok. De lá, levei uma mesa pequena de jantar com quatro cadeiras, duas mesinhas de centro, uma mesa de trabalho para o ambiente de fundos feito de escritório, estante para os livros, lençol, toalhas, colchas e almofadas para transformar as camas da sala em sofás coloridos.

Da mala, tirei porta-retratos da família e espalhei pela casa. Na floricultura da esquina, comprei quatro floreiras de gerânios vermelhos e pendurei nas sacadas. No lixo, à noite, durante um passeio com o Bento para reconhecimento do novo território, encontrei uma linda poltrona novinha de veludo vermelho e um cabideiro em ótimas condições para pendurar as dúzias de bolsas inúteis que havia levado — e que acabaria deixando por lá junto com todos os sapatos e botas de salto alto que nunca mais usei e nunca mais usarei em toda a minha vida.

Adquiri uma bicicleta que se transformou em meio de transporte. Em dias de chuva, recorria à linha verde do metrô. Estudava espanhol de manhã e cinema à tarde. Me tornei consumidora voraz de pan con ajo y tomate, de baguetes con aceite de oliva y jamón serrano. Bebia mais vinho do que água, no almoço e no jantar. Tirava sestas restauradoras de 20 minutos antes de sair pedalando para a aula, comprava o que havia de mais barato no supermercado. As promoções me fascinavam: oito latas de atum por 1,50 euro; 40 rolos de papel higiênico por cinco euros. Este foi um dia em que cheguei em casa carregada de latas de atum em conserva e papel higiênico. Almôndegas congeladas também viviam em oferta e eram cardápio recorrente.

Aprendi a apreciar os prazeres da boa mesa. Cozinhando, claro. Não havia recursos financeiros para desbravar restaurantes e manter a rotina de São Paulo de comensal da alta-gastronomia — e logo eu, aquela mesma pessoa da geladeira vazia, que nunca soube fritar um ovo, me vi preparando omeletes súper elaboradas com atum, tomate e cebola, caponata de berenjena, creme de brócolis com piñones, gazpacho, salmorejo, boquerones, pinchos, tortilla com patatas, tapas e pisto.

Também me tornei expert em limpeza. Duas vezes por semana, faxinava a casa inteira. A fregona se tornou uma grande amiga. Passava pelo apartamento inteiro, me atirava de quatro no chão para limpar embaixo dos móveis, conhecia todos os tipos de desinfetantes e limpa-vidros, lavava a banheira e deixava a privada um brinco. À noite, tirava a roupa da máquina de lavar e estendia no varal dos fundos. Pela manhã, depois de ler o El País, recolhia, dobrava e guardava tudo. Duas sacudidas e pronto. Nunca senti falta do ferro de passar.

O orçamento era bastante apertado e contadinho para durar o tempo de permanência na cidade. Foi em Barcelona que desenvolvi uma técnica infalível de sair da Zara e de outros sedutores magazines de mãos abanando. Percorria toda a loja de braços cruzados, voltava até a porta de entrada e fazia de novo todo o percurso, tocando e olhando tudo que havia me encantando da primeira vez. Saía da loja, comia um sorvete e voltava para o terceiro round. Então, pirlimpimpim! A mágica se fazia: nada mais tinha graça. A técnica me rendia uma economia atroz, já que gastava apenas três euros — o preço de um cucurucho de chocolate con dulce de leche na heladeria mais próxima.

Nos fins de semana, me concedia alguns privilégios, como ir ao cinema e frequentar a focacceria Buenas Migas do Paseo de Gràcia para tomar café da manhã. Adorava o croissant de chocolate e o Flapjack, uma espécie de bolo com passas, castanhas e amêndoas acompanhado de iogurte batido com frutas vermelhas. Aos domingos, íamos à praia, na Barceloneta. Eu pedalando a bicicleta, Bento dentro da mochila, empoleirado nas minhas costas, com as orelhas ao vento e só com a cabeça de fora. Foi o Bento que me abriu os olhos para algo que transformaria minha vida dali para sempre.

Um belo dia, cheguei na sala com minha taça de café preto e ele estava entretido em seu ritual de alongamento matinal. Esticava as patinhas da frente e arrebitava o cóccix; esticava as patinhas de trás e projetava o peito para frente. Dava uma sacudida geral no pelego e estava pronto.

— É isso! Vou fazer ioga!

Descobri um estúdio de ioga, cujos donos, Xavier e Pillar, ensinavam o método Vinyasa. No estúdio, conheci Upendra, um indiano recém-chegado à cidade. Upendra tornou-se imediatamente meu mestre e guru — e me guia até hoje com ensinamentos pelo Facebook. Devo a Upendra o fascínio pelo exercício, a técnica primorosa aprendida e o entendimento em sua totalidade da disciplina que, em sânscrito, quer dizer *união*. Eis a tarefa da ioga: encontrar a união entre corpo e mente, entre o indivíduo e o seu Deus. A verdadeiro ioga não compete com nenhuma religião, nem a exclui.

A ioga não só transformou meu físico, que se tornou mais esguio, ereto e flexível, como minha cabeça e minha vida. Me tornei uma feliz dependente desse exercício físico e mental que permitia, aula após aula, dia após dia, meses após meses — e até hoje — a capacidade de conseguir olhar com tranquilidade para dentro de mim e para o mundo ao redor. A ioga proporcionou um ensinamento precioso e libertador, que prega que, no corpo, não existe nada que devesse ser de algum jeito. A questão não está no tamanho, no formato, na idade. Mas em saber se esse corpo sente, se ele tem vínculo adequado com o prazer, com o coração e com a alma. Ele tem alegria, gingar, balançar, investir? É só isso que importa.

O sábio Bento, que já sabia de tudo isso muito antes de mim, nunca viveu tão distante de uma banheira. Além de Barcelona não contar com uma pet shop em cada esquina, não havia recurso orçamentário para lavar a criatura com a mesma frequência de um marajá paulista. Cada ida à pet custava no mínimo 18 euros — dependendo dos nós e do estado das axilas do animal. A miséria se estendia ao prato. Tal cachorro, tal dono. Assim como eu devorava latas de almôndegas, ele comia a ração mais barata, de frango com arroz. Amante inveterado de miolos de pão, dava mortal de costas cada vez que eu chegava da aula com uma baguete embaixo do braço. Também era capaz de dar a vida por magdalenas — uma espécie de bolinho inglês. Dividíamos magdalenas farelo a farelo. No final, ainda lhe concedia o privilégio de mastigar e engolir o papel amanteigado.

Se a primeira temporada em São Paulo havia sido apertada em termos orçamentários, o que dizer de Barcelona. Mas o espírito era outro; a cidade era outra, a forma de viver e encarar a vida era muito distinta. Eu não precisava de carro, de cabeleireiro, de acessórios, de salto alto, de roupa bonita e bem passada. Era feliz de bicicleta e Havaianas. Claro que, vez ou outra, era tomada por alguma frustração de desejar algo e não poder comprar. Mas a satisfação interior era tão sublime que relegava qualquer bem material a segundo plano. Apesar dos e-mails trocados com o pai lembrando que havia uma família na retaguarda para o que fosse necessário (*Não te preocupa com o dinheiro, se o cálculo está bem feito, ele não acaba; se por acidente acabar, tu tem a quem recorrer* e *a tendência é a de se recolher e evitar qualquer risco, mas não há riscos. O risco maior é perder a oportunidade*), não queria pedir dinheiro para algo que havia sido inventado por mim. Nem dado nem emprestado.

Me tornei fluente em espanhol, concluí com nota máxima o curso de cinema, me apaixonei ainda mais pela disciplina de roteiro e fui sentindo que um ciclo começava a se fechar. Ainda fiz uma tatuagem com a palavra *coragem* escrita em árabe na lateral do pé esquerdo, me matriculei em um curso intensivo de edição digital no verão de 2004, mas o dinheiro estava no fim — e o que era leve começou a ficar pesado: a faxina, a fregona, a limpeza do fogão, as almôndegas em lata, a imundície do Bento, o tirar e botar a roupa na máquina, um certo princípio de solidão e o início daqueles velhos questionamentos existenciais que até então estavam adormecidos, poupando minha pobre alma cansada de tantas reflexões e sofrimentos.

Na noite em que terminei de subir três lances de escada com a bicicleta nas costas, como fazia pelo menos duas vezes ao dia, abri a porta do apartamento, bati com o dedo mindinho do pé na roda, joguei a mochila e o meu próprio corpo no chão e desatei em um choro compulsivo. Me dei conta que não era a dor física o motivo do meu pranto. Alguma coisa estava fora de lugar. Eu estava fora do meu lugar. Era chegada a hora de voltar para casa.

Quem sou e onde é que me encaixo

A viagem de Barcelona para Madri ocorreu sem maiores percalços. O problema foi entrar no avião que faria o trajeto de Madri para São Paulo. Tinha guardado comigo um salvador Valium oferecido por minha mãe, que se compadece do meu desespero de subir em uma aeronave de qualquer porte, sobretudo se há necessidade de atravessar o oceano. Ela havia alertado:

— Toma só meio Valium, viu, minha filha? E só quando tu já estiver sentada e bem acomodada na poltrona.

Como na ida essa receita não tinha funcionado, na volta não obedeci.

Querendo perder a noção do tempo e do espaço tão logo aquela geringonça começasse a bater asas, achei por bem tomar o Valium inteiro ainda no saguão do aeroporto. No momento em que o funcionário da companhia aérea chamou para o embarque preferencial, engoli aquele comprimido de uma só vez, sem água ou líquido algum. Em dez minutos, senti as pernas amolecerem. Em 20, meus dois braços formigaram, chegou minha hora de entrar na fila e não conseguia levantar da cadeira, muito menos pensar em carregar a casinha do Bento com seus cinco quilos. Só deu para esticar a mão e pedir socorro.

Fui auxiliada por duas aeromoças, que quiseram saber o que eu sentia. Contei só meia verdade. Estava um pouco nervosa pelo medo de voar. Elas me colocaram na poltrona, apertaram o cinto de segurança, me alcançaram um copo d'água, acomodaram o Bento nos meus pés — e esta é a última recordação que guardo de nós dois em solo espanhol. Fui acordada algumas horas depois, em algum ponto sobre o Oceano Atlântico, pelo senhor da poltrona ao lado, que tentava desesperadamente se esquivar do animal. Morrendo de sede e calor, o Bento havia destravado a casinha e, não conseguindo me despertar sozinho, imagino que tenha pedido auxílio ao vizinho. Empoleirado no colo do pobre homem e com a língua de fora, babava toda a camisa branca do indivíduo.

Chegamos sãos e salvos a São Paulo e de São Paulo aterrissamos em Porto Alegre. A temporada na Espanha havia sido de muito carboidrato, muito vinho, muito croissant com chocolate. Pela primeira vez, havia desfrutado de uma vida sem restrições alimentares, sem preocupação em me submeter a dieta alguma, sem ficar controlando o tamanho da barriga em frente ao espelho. Ainda assim, estava cinco quilos mais magra. Pesava 47, segundo a balança do aeroporto. Estava até mais miudinha, segundo minha irmã. Praticamente um faquir, segundo minha mãe. Quanto a mim, estava me achando uma legítima top model, daquelas que comem de tudo e não engordam.

Em quase dois anos, Barcelona contribuiu para um olhar de fora sobre mim mesma. Me apresentou uma qualidade de vida apaixonante que eu não pretendia jamais abrir mão. Me mostrou que a felicidade não se resume a uma carreira bem-sucedida. Há vida, muita vida, fora do ambiente de trabalho. Não passava pela minha cabeça, portanto, voltar a morar em São Paulo e viver dentro de uma redação, transformando aquele lugar no epicentro da minha existência. Queria encontrar um local próximo da casa dos meus pais e ficar em Porto Alegre, onde seria mais fácil equilibrar os dois lados da balança. Olhamos alguns apartamentos, chegamos a quase fechar negócio, mas não conseguia emprego. Os meses foram passando e fui ficando angustiada, ansiosa. A porta para a permanência na cidade não se abria, eu não encontrava o meu espaço. Me sentia perdida e desesperada pelo sentimento de não pertencer a lugar nenhum.

Numa viagem dos meus pais ao Rio de Janeiro, me escalei para ir junto. Aproveitei que conhecia um empresário da TV Globo para pedir que me apresentasse a algum jornalista. Fui até a sede da emissora no Jardim Botânico, entrei naquela redação que aparece, todas as noites, embaixo da bancada do Jornal Nacional e conversei com a chefe de jornalismo, enquanto pai e mãe me esperavam no saguão — como os responsáveis que levam a filha ao primeiro dia de aula.

Saí de lá com a proposta de acompanhar as reportagens de rua das equipes para aprender como tudo funcionava, uma vez que minha experiência em televisão se resumia ao cargo de repórter amador em campeonatos de bocha, vela e boliche — e o sonho de apresentar o Jornal Nacional e o Fantástico não passava de uma distante fantasia de criança. Se pintasse alguma vaga em algum momento em um futuro próximo ou longínquo, a promessa era de que eu seria testada. Tudo era muito indefinido, e me sentia internamente vulnerável demais para toda aquela incerteza. Além disso, um ponto me incomodava bastante: o começar do zero. Ter que confirmar mais uma vez tudo de novo para mim mesma e sei mais lá para quem. Não achava justo comigo me submeter de novo a toda essa provação.

Telefonei do Rio, do meio do corredor do Barra Shopping, para minha ex-chefe em São Paulo, que coordenava agora outra equipe em um grande jornal. Perguntei sobre a possibilidade de voltar a trabalhar com ela.

— Venha agora mesmo. Preciso de você aqui na semana que vem.

São Paulo não era nada do que eu queria, mas não havia muito o que querer. Minha vulnerabilidade existencial era tão grande que enxerguei naquela oportunidade a verdadeira tábua de salvação. Precisava desesperadamente preencher aquele vazio horroroso de falta de endereço e me sentir de novo pertencente a algum lugar, ainda que este lugar fosse o último na minha lista de preferências.

A resposta veio com o carnaval

O jornal preparava o piloto de uma revista semanal, e meu trabalho consistia em fazer reportagens e ajudar a dar uma cara para essa revista. Era um trabalho temporário, de três semanas. Se aprovado o projeto, eu ficaria.

Procurei um lugar para morar durante esse período. Tinha e ainda tenho amigas queridas na cidade, mas para hospedar é preciso ter um talento especial; e para ser hóspede, também. Evito me decepcionar com a falta desse talento nos outros e em mim. Por essa razão, não me hospedo na casa de ninguém. Se não puder pagar por um quarto simples que seja, em qualquer lugar, não vou a lugar nenhum.

Fiz as contas e, por três semanas, podia pagar um quarto single no Ibis. Preenchi o formulário de hóspede e, na esquina da Avenida Paulista com a Consolação, vivi por três semanas. Trabalhava o dia inteiro, no ritmo paulistano que já conhecia muito bem, e só voltava para o hotel para dormir. De manhã, estendia minha esteira de ioga entre a parede e a cama do quarto e praticava por uma hora. Tomava banho, descia para o café e voltava para a redação. Foi a primeira vez que Bento e eu ficamos afastados — e ele desenvolveu uma epilepsia nervosa provocada pela minha ausência.

A revista não vingou, e eu não entrei no mérito de querer saber ou entender o porquê. Isso não significou, no entanto, minha despedida de São Paulo. Fui convidada para me incorporar à equipe de um suplemento cabeça que exigia o desembolso de duas Neosaldinas cada vez que me obrigava a encontrar um título para um artigo analítico sobre política, filosofia ou sociologia que minha capacidade de compreensão levava umas 20 leituras para alcançar.

Vivia um paradoxo. Estava contrariada de voltar a morar em São Paulo e ao mesmo tempo agradecida pelos braços abertos que a cidade estendia para mim. Procurar um apartamento para alugar era algo radical demais para quem ainda não tinha digerido aquela realidade. Mas não dava para ficar morando em hotel pelo resto da vida. Pergunta daqui, pergunta dali, fui informada sobre uma casa próxima ao Shopping Iguatemi. Nela, viviam três jornalistas, sendo que uma delas estava passando uma temporada sabática no Havaí. O quarto em que dormia estava para alugar.

Do quarto do Ibis me transferi para o quarto dessa casa. Uma vez instalada, voltei a Porto Alegre para buscar o Bento. Os dois outros moradores não eram lá muito cachorreiros e senti que a presença dele pelos cômodos da residência não era bem-vinda. De manhã e à noite, ele ficava comigo dentro do quarto. Quando saía para trabalhar, por volta de dez horas, para retornar só 12 horas depois, deixava o Bento no quartinho que servia de lavanderia e dava acesso ao pátio, nos fundos da casa. Passava o dia agoniada com aquela situação e tinha certeza que ele se sentia pior ainda. Achei que o melhor a fazer era levá-lo de volta para Porto Alegre. Pelo menos, na casa da avó era mimado e muito bem-quisto.

Não tenho temperamento para morar em república. Sou introspectiva, preciso do meu canto e o fato de passar o dia na rua nem permitia que eu viesse a tentar algum tipo de aproximação mais estreita ou investir em uma futura amizade com meus companheiros de teto. Nossa relação limitava-se a bom dia e boa noite e, às vezes, a um ou outro diálogo superficial. Acordava cansada, tomava um suco de laranja com café preto, saía para trabalhar, voltava exausta, preparava um prato de miojo, que era algo relativamente rápido de fazer, despejava azeite de oliva em cima e subia as escadas correndo para o quarto. Só queria fechar a porta e me jogar em cima da cama. Como trabalhava em jornal, ainda havia os plantões de fim de semana.

Passei a cogitar a ideia de que o melhor a fazer era voltar para Barcelona. Com o mercado de Porto Alegre de portas fechadas e o de São Paulo sem condições de oferecer o equilíbrio que eu tanto desejava, Barcelona se apresentava como uma opção nostálgica de tempos mais felizes. Naquele janeiro de 2005, o jogador Ronaldinho Gaúcho despontava como a grande estrela do futebol do Barcelona e de toda a Europa, e eu vi naquela notícia a chance de uma viagem sem precisar abrir mão da única coisa palpável que dispunha naquele momento: o meu emprego.

Sugeri ao jornal uma entrevista com o jogador no Camp Nou. Passagem e hospedagem não seriam problema. Tinha milhas prestes a vencer e conhecia um hostel baratinho no Eixample. Embarquei em busca do reencontro com aquela Mariana que não queria jamais perder de vista. Durante uma semana, percorri os mesmos lugares, fiz os mesmos programas, tentei me encontrar nas velhas e conhecidas esquinas. Mas não havia mais qualquer sinal de mim. Voltei para São Paulo ainda mais perdida.

No mês seguinte, combinei com uma amiga de estrearmos na Marquês de Sapucaí. Uma turma estava armada para passar o carnaval no Rio de Janeiro, e eu não conhecia o Rio sem ser em férias de julho com a família. Compramos fantasias, nos hospedamos na casa de outra amiga, com várias outras amigas na volta, e não lembro de me divertir tanto. Pulamos atrás dos blocos de rua e desfilamos na Mangueira fantasiadas de *energia positiva*. Um dia antes de voltar para São Paulo, fomos fazer a despedida da turma no Baixo Gávea.

Bebia um chope em pé, em frente ao Braseiro da Gávea, esperando liberar uma mesa, quando alguém falou alguma bobagem, eu atirei a cabeça para trás e soltei uma sonora gargalhada. Olhei para dentro de mim e percebi o quanto aqueles dias tinham me feito bem, o quanto estava feliz. Baixei a cabeça, olhei para os meus pés e me dei conta que usava as mesmas Havaianas de Barcelona. Fui subindo o olhar e percebi que o vestidinho preto de flores coloridas também era o mesmo, assim como a bolsa verde de crochê.

Então, olhei ao redor e observei que o Rio tinha praia, ciclovia e alto astral. As pessoas mergulhavam no mar antes de ir para o trabalho, andavam de bicicleta e todas pareciam leves e felizes. A conclusão estava estampada na minha cara e não havia como negar: o Rio era o meu lugar.

Rio, quarenta graus de felicidade

A saída do emprego no jornal de São Paulo ocorreu sem nenhum percalço. Como sempre desenvolvi a gratidão como sentimento mais nobre e nunca fechei as portas dos lugares por onde passei (a gente nunca sabe o dia de amanhã, sempre ensinou meu pai), agradeci e levei a chave do jornal.

Coloquei esta chave no meu chaveiro de empregos anteriores e desembarquei no Rio de Janeiro para assumir o cargo de editora da sucursal carioca de uma revista de celebridades. Pedi duas semanas de prazo antes de começar a trabalhar. Precisava fazer a mudança e encontrar uma nova casa. Me hospedei em um flat localizado no finalzinho do Leblon e tinha a nítida sensação de ter chegado ao paraíso. No meu primeiro dia de carioca, não quis saber de procurar apartamento nenhum. Coloquei biquíni, short, camiseta e fui caminhar no calçadão. Aquelas pessoas jogando vôlei em plena quarta-feira de manhã, aquela gente bronzeada indo e voltando de bicicleta, a água de coco no final da caminhada, tudo se encaixava na minha nova forma de querer viver a vida. Estava no lugar certo. Além do mais, não estava sozinha. Tinha vários amigos na cidade. Formávamos uma família unida e divertida.

Como havia conseguido manter meu salário de marajá paulista, e no Rio os prazeres mundanos são bem diferentes e mais acessíveis — uma cervejinha na praia e um mergulho de mar —, me concedi o privilégio de pagar um aluguel caro, mas morar bem: em um apartamento antigo, porém todo reformado em Ipanema, de frente para a Lagoa Rodrigo de Freitas, quase na esquina com a Rua Vinicius de Moraes. Estava todo mobiliado, com móveis de muito bom gosto e equipado com geladeira, fogão, forno elétrico, televisão e máquina de lavar roupa. Faltava apenas levar as minhas roupas, meus porta-retratos, algumas plantas — e, claro, o Bento.

O Bento amou a nova casa e a nova cidade. Todas as manhãs, atravessávamos a rua e passeávamos no calçadão da lagoa. No meio do caminho, deixava o Bento amarrado no carrinho de um vendedor de coco, na companhia de uma turma de senhores aposentados, e saía para correr os sete quilômetros do percurso. Enquanto suava, Bento ficava esparramado à sombra de um guarda-sol, com a metade de um coco que fazia as vezes de prato à disposição e cheio até a boca de sua água preferida. Nos fins de semana, íamos à praia em um ponto fixo: a barraca da Dona Nininha, entre o Posto 9 e o Posto 10 — outro local de reinado do animal. Dona Nininha e suas duas filhas me tratavam feito a caçula da família. Mal colocávamos o pé na areia, elas armavam cadeira, guarda-sol, traziam água de coco para o Bento, água mineral para mim e uma cervejinha na sequência. Bento também era cliente de vários vendedores da praia, como os árabes da Esfiha do Khaled.

— Vai uma esfirra de carne aí, Bento?! — eles gritavam cada vez que nos avistavam ao longe.

Era o que bastava para o animal começar a espirrar e a latir. Chegava a devorar duas esfirras na sequência.

Meu trabalho consistia em entrevistar atrizes, atores, cantoras, cantores e top models, artistas que eu imaginei ser um dia. Entrei na casa e na intimidade de dezenas: Vera Fischer, Flavia Alessandra, Marieta Severo, Gisele Bündchen, Caco Ciocler, Letícia Birkheuer, Felipe Camargo, Susana Vieira, Patrícia Pillar, Juliana Paes, Gloria Pires, Daniela Escobar, Dira Paes, Paolla Oliveira, Mônica Martelli, José Wilker, Cleo Pires, Angélica, Paula Toller. Na frente de uns, disfarçava o constrangimento na hora em que ficavam quase nus para a troca de roupa do ensaio fotográfico da reportagem. Na frente de outros, me peguei estarrecida ao constatar que a pele perfeita e o cabelo brilhante da novela existiam mesmo só na novela. E, diante de uma atriz, vivi uma cena que virou folclore nas redações do Rio.

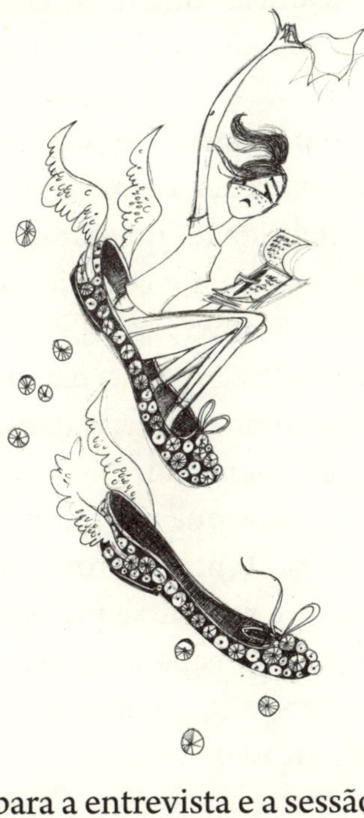

O encontro para a entrevista e a sessão de fotos estava marcado no Hotel Sheraton da Barra da Tijuca. Nos encontramos, me apresentei e, antes mesmo do *muito prazer*, ela olhou para os meus pés, arregalou os dois olhos, levou a mão ao peito e exclamou.

— Que linda a sua sapatilha!

Era uma sapatilha bonita, devo confessar. Comprada nos meus tempos de marajá paulista, na Doc Dog da

Alameda Lorena. Era meu xodó, toda preta, bordada com minipaetês foscos. Mas não era nada de outro mundo, muito menos algo capaz de tirar o fôlego de uma atriz que poderia ter quantos pares quisesse daquela e de outras tantas sapatilhas.

O propósito daquela entrevista, além de conversar sobre carreira, maternidade, vaidade, religiosidade, antigos, atuais e futuros projetos — enfim, todos esses temas que fazem parte das reportagens de revistas de celebridades —, era que ela revelasse em detalhes o que todas as revistas semanais de celebridades queriam saber: os bastidores da separação do ex-marido e o início do relacionamento com um homem mais novo.

— A nossa capa desta semana depende de você — fez o favor de enfatizar minha chefe, tratando de piorar ainda mais as coisas para o meu lado.

Sou o tipo de pessoa que não pergunta as intimidades nem da melhor amiga. Tenho horror de ser inconveniente, primo pela discrição e respeito a privacidade alheia, mesmo de artista que adora paparazzi. Feita essa premissa, é de se imaginar o pânico que sentia cada vez que precisava passar por uma situação do gênero.

Terminada a sessão de fotos e depois de mais uns 20 elogios à minha sapatilha, sentamos à beira da piscina do hotel para a entrevista. Falamos de carreira, do seu atual personagem na novela das nove da Globo, de trabalhos passados, de projetos futuros, até que eu resolvi tocar no xis da questão que me levava até ali. Ela calou. Me olhou profundamente nos olhos; eu dei uma engolida em seco.

— Posso experimentar sua sapatilha? — ela disse.

— Hã? — devolvi, meio atônita.

— Sua sapatilha — ela repetiu. — Posso experimentar? Que número você calça?

"Mas o que isso tem a ver com a minha pergunta?", pensei.

— Calço 37 — respondi.

— Jura?! Eu também — ela vibrou. — Tira, deixa eu experimentar!

Tirei o pé direito da sapatilha.

— Tira o outro. Quero experimentar os dois.

Tirei o esquerdo e fiquei assistindo à atriz global desfilar para lá e para cá pela borda da piscina do Sheraton com o meu par de sapatilhas.

— É linda! Linda e súper confortável! — ela disse, voltando a sentar ao meu lado.

Então, sem que eu precisasse passar pelo constrangimento de perguntar de novo sobre a separação e os bastidores do início do novo romance, ela começou a relatar os detalhes sórdidos de tudo, a reproduzir diálogos, a falar do momento do fim com o ex e o primeiro beijo com o atual.

— E assim aconteceu — concluiu, colocando o ponto final no monólogo.

Havia sido mais fácil do que eu imaginava. Guardei o gravador com a prova do meu súper furo de reportagem, enquanto conversava mais algumas amenidades antes da despedida, fechei a bolsa e, ponderando que ela havia esquecido de me devolver o básico para que eu pudesse ir embora caminhando até o saguão do hotel, solicitei de volta a minha sapatilha.

— Sua sapatilha? — ela estranhou.

"Mas qual é a surpresa?", pensei. "Ou quem sabe vou embora descalça?"

— É... Minha sapatilha... — respondi, em tom um tanto meigo.

— Essa sapatilha agora é minha — ela informou.

"Hã??!", pensei.

— Não tiro do pé por nada deste mundo — avisou. — Ou você acha que teria de graça o que toda a imprensa está querendo saber?

O negócio acabava de ser colocado às claras em cima da mesa: o *furo de reportagem* valia o preço da minha sapatilha preta de minipaetês foscos. Havia duas opções para terminar de vez com aquela delicada situação: me engalfinhar com a atriz global em um bate-boca e arranca-rabo no meio da piscina lotada do Sheraton e ainda correr o risco de virar manchete no dia seguinte, ou posar de fina, aplicar a técnica do desapego iogue, me despedir e desejar boa sorte com a nova aquisição. Foi o que fiz — e se alguém disser que num belo dia de 2005 viu um raio cruzando o saguão do Sheraton, esse raio era eu.

Ainda que privada de desfilar pelo calçadão com minha sapatilha preferida, levava a vida que pedi a Deus. Não havia a percepção de trabalho e férias. Viver no Rio era uma sensação de férias constantes. Nunca tomei tanto banho de mar antes de trabalhar, nunca me atirei tanto ao sol, nunca fiquei tão bronzeada e tão sardenta, nunca bebi tanto chope e comi tanto bolinho de bacalhau, nunca fiz tanta aula de ioga, nunca corri tanto na lagoa, nunca fui tão leve de alma e de espírito, nunca vivi tão em paz e tão equilibrada, nunca me dei tanta trégua, nunca aceitei tão bem os meus defeitos, nunca fui tão feliz.

Trabalhei durante um ano e meio na revista de celebridades e acabei aceitando o convite para ser editora de um jornal carioca. Pelo contrato, começaria em 11 de janeiro de 2007. Na virada para aquele novo ano, fui ao encontro da família em Punta del Este para nossa tradicional festa de réveillon. Com a roupa da viagem no corpo, depois de uma parada em casa só para largar o Bento e as malas, rumei com minha irmã e as amigas para o bar Moby Dick. E foi lá, encostada no balcão, sem banho, bebendo uma Zillertal no bico e ao som de Rolling Stones, que conheci meu futuro marido.

Lembro do trecho de uma entrevista que fiz com a atriz Mônica Martelli em que ela comentava sobre a arte de encontrar a cara-metade. Estávamos sentadas no sofá do seu apartamento na Gávea, ela comemorava o sucesso da peça *Os homens são de Marte e é pra lá que eu vou*, quando passamos do tema profissional para o âmbito pessoal. Mônica disse:

— Homens certos podem aparecer mais de uma vez na vida da gente. A dificuldade de encontrar a cara-metade não é essa. O grande problema é encontrar o homem certo na hora certa.

Eu e o Chico nos conhecíamos havia mais de dez anos. Tínhamos amigos e amigas em comum. Só que, no dia 28 de dezembro de 2006, ele surgiu na minha vida de outra forma, em outra hora, na hora certa. Passamos juntos em Punta del Este até o último minuto. Na hora de subir no ônibus que me levaria até o aeroporto de Montevidéu, de onde pegaria o avião de volta para o Rio, comecei a chorar. Chorava copiosamente.

— O que foi, minha filha? — perguntou a mãe.

— Não é nada.

— Diz pra mãe. Tu deixa a mãe nervosa desse jeito.

— Não é nada, mãe.

— Tu não quer ir embora? Não vai. Fica aqui com a gente.

— Não posso.

— Vai ficar com saudade da mãe? — ela riu.

Eu ri de volta.

— Já sei! Vai ficar com saudade do pai.

Eu secava as lágrimas.

— Ela só sente saudade do Bento — ironizou o pai.

— É o Bento? — perguntou a mãe. — Não te preocupa, ele vai pra Porto Alegre de carro com a gente e logo tu vai buscar teu cachorro.

— Eu sei, mãe — eu chorava.

— Então, o que é que te aflige tanto?

— É tudo junto — respondi.

Era tudo junto e misturado. Depois de muito custo, eu havia conquistado a harmonia entre o trabalho e o lazer na cidade que era minha adorada casa. Quanto a isso, estava tudo certo. O problema é que, quando imaginei que todos os desafios estavam superados, o destino me pregou uma nova peça e me apresentou, pela primeira vez, sem aviso prévio, o desejo de dividir minha vida com alguém — um alguém que estava longe. Continuei chorando dentro do ônibus durante uma hora até Montevidéu. Subi no avião com a certeza de que a tatuagem com a palavra *coragem* cobraria o aluguel de habitar o meu pé esquerdo.

Trabalhei durante quatro meses na redação do jornal, com ponte aérea Rio-Porto Alegre-Rio todos os fins de semana para ver meu namorado. Até que a distância ficou insuportável. Então, dei um basta e pedi demissão. Precisei de duas semanas para encaixotar minhas coisas, entregar o apartamento de frente para o Cristo Redentor e abrir mão daquela Cidade Maravilhosa. O jornalismo que esperasse um pouco, já havia dedicado a ele alguns bons anos de vida.

A hora de um novo recomeço

Eu cheguei em frente ao portão
Meu cachorro me sorriu latindo
Minhas malas coloquei no chão
Eu voltei!...

Tudo estava igual
Como era antes
Quase nada se modificou
Acho que só eu mesmo mudei
E voltei!...

Eu voltei!
Agora pra ficar
Porque aqui!
Aqui é meu lugar
Eu voltei pras coisas
Que eu deixei
Eu voltei!...

Cantarolando *O portão*, de Roberto Carlos, desembarquei com minha mudança nas costas e o Bento na coleira para o puxadinho dos fundos da casa dos meus pais, um puxadinho que minha mãe havia arrumado com aquele amor de mãe quando vê a cria voltando para debaixo da asa.

Me permiti viver exclusivamente a profissão namorada — quero dizer, desempregada — até o fim de 2007. Tinha sacado o fundo de garantia e, pela primeira vez, me concedi o privilégio de não fazer nada. Quando o novo ano se apresentasse, começaria a planejar o futuro profissional. Não foi preciso um estudo muito detalhado do mercado gaúcho. Mal o novo ano chegou, recebi o telefonema com o convite para assumir o cargo de editora da revista Donna de Zero Hora. Em fevereiro de 2008, eu voltava ao local do meu primeiro emprego.

Vivi no puxadinho da casa dos meus pais durante três anos até meu casamento e a mudança para o apartamento de uma agora esposa e dona de casa.

Um dos momentos mais emblemáticos dessa época foi o dia de fazer o primeiro rancho no supermercado. Tomei para mim aquela estreia como um momento solene. Existe diferença entre a banana prata e a banana caturra? Até então eu não sabia. Ou talvez não desse bola. Banana sempre foi banana e ponto final. Quando se é casada, as coisas mudam.

No supermercado, escolhi o cacho mais lindo do mundo para um marido que não vive sem banana no café da manhã. Cheguei na garagem do prédio com o porta--malas do carro carregado de comprinhas escolhidas a dedo — e tentando encontrar algum tipo de romance no ato de carregar aquele mundaréu de sacolas até o carro, descarregar no elevador e carregar novamente para cima do balcão da cozinha.

Ajeitei todas as compras em seus devidos lugares, desembrulhei a fruteira de prata vazada que havíamos ganhado de presente de casamento, acomodei as bananas lindamente pelas bordas e pelo centro e depositei a fruteira bem no centro da mesa. A reação veio no dia seguinte.

— Meu amor, esta banana é a caturra, não é a prata — observou Chico.

— Sim, esta é a fruteira de prata que ganhamos de presente de casamento — eu respondi, tentando ganhar tempo para entender o que ele estava querendo dizer.

— Muito bonita a fruteira de prata, mas essa banana é a caturra. Tu prefere banana caturra?

— Não entendi.

— Meu amor, existem variedades de bananas. Há a banana prata, a banana caturra, a banana maçã...

— Ahh...

— Cada uma delas tem um sabor diferente. Esta que tu comprou é a banana caturra. Tu prefere a caturra? — ele insistiu.

"Eu vou lá saber se prefiro banana caturra?!", pensei.

— Não sei... É que achei esse cacho tão bonito... — respondi.

— É lindo o cacho, meu amor. Mas a caturra é a variedade mais doce de banana. A prata é bem melhor. Eu prefiro a prata. Tu também vai preferir, tenho certeza.

Na segunda ida ao supermercado, perdi horas dando

voltas na coluna de cachos de banana. Prata, caturra, prata, caturra, prata, caturra... Vencido o desafio, posso dizer com orgulho que me tornei uma doutora em bananas. Já não posso dizer o mesmo sobre sardinhas.

Sempre fui louca por sardinha — o que sempre acalentou em mim o sonho ainda não concretizado de conhecer Lisboa, onde se comem deliciosas sardinhas assadas pelas ruas em época de festa.

Numa dessas incursões ao supermercado, topei com um saco de 20 sardinhas congeladas. Imaginei que poderia realizar facilmente um pedacinho do sonho de experimentar os sabores de Lisboa fazendo sardinhas no forno elétrico de casa. Elas ficariam bem crocantes e comeríamos com um limãozinho, sal grosso e uma cervejinha bem gelada na varanda num sábado à tarde. Foi então que o tal sábado à tarde chegou. Me apresentei na varanda, onde o Chico lia o jornal.

— Temos sardinhas congeladas para fazer no forno — exclamei, feliz da vida.

— Hum... — ele balbuciou, sem tirar os olhos do jornal.

— Elas não têm cabeça, já estão limpinhas. É só colocar no forno elétrico. Vão ficar crocantes como as sardinhas portuguesas!

— Hum... — ele continuou resmungando, virando a página do jornal.

"Preciso ser mais convincente", pensei.

— Tu não gosta de sardinha? — perguntei.

— Claro que gosto de sardinha — ele respondeu, enquanto rasgava uma página do jornal.

— Entendeu que podemos fazer as legítimas sardinhas portuguesas no forno de casa? — insisti.

— Sardinha, Mariana querida, a gente come na rua. Tu tem ideia do fedor de sardinha que tu vai deixar o apartamento durante todo o fim de semana?

— Impossível — rebati. — Pretendo enrolar cada sardinha em um pedaço de papel alumínio. Tu cansa de fazer peixe no forno enrolado em papel alumínio, não é verdade?

— Sim, é verdade. Mas, neste caso, estamos falando de sardinhas.

— Deixa pra mim — decretei.

Eu tinha comprado o desafio e agora teria que transformar sardinhas congeladas sem cabeça compradas no supermercado da esquina em iguarias crocantes portuguesas. E o mais importante: sem feder todo o apartamento. Retirei o saco do congelador, coloquei em cima da pia, abri e tirei duas sardinhas. Depositei cada uma delas em uma folha de papel alumínio, coloquei um fiozinho de azeite de oliva para não colar no papel, enrolei as sardinhas congeladas e levei ao forno. Chico apareceu na cozinha para me ajudar.

— Se tu for colocar a sardinha congelada no forno, é melhor descongelar primeiro. Senão, vai ficar uma água só — aconselhou.

— Claro que eu ia descongelar primeiro! — respondi, tirando as sardinhas congeladas do forno.

Uns 20 minutos se passaram até as sardinhas descongelarem. Outros 30 transcorreram até um leve aroma começar a invadir a casa avisando que estavam prontas. Desliguei o forno, desenrolei as sardinhas do papel alumínio, coloquei cada uma em um prato, cortei um limão pela metade, abri uma cervejinha, arrumei a mesa e comuniquei que estava pronto nosso almoço português.

Sentamos para comer. Silêncio. Silêncio. Mais silêncio.

— Me alcança um guardanapo? — pediu o Chico.

— Como tem espinha, né? — murmurei.

— Muita.

— Não sabia que sardinha congelada tinha tanta espinha...

— Tem pão em casa? — ele perguntou.

— Tem. De sanduíche. Quer?

— Eu pego, onde está?

— Na geladeira. Tu vai comer pão de sanduíche com sardinha? — eu quis saber.

— Não. Só vou tentar impedir que tu me mate com duas espinhas entaladas na garganta.

Devo admitir que, nesses três anos de casamento, o Chico tem razão de sobra para acreditar que um espírito homicida habita meu corpo quando resolvo assumir o controle da nossa alimentação. Eu deveria ter dado uma trégua nas invencionices passado o episódio da sardinha, mas não. Como cada ida minha ao supermercado é um flash, estava lá, em uma espécie de levantamento de frutas, verduras e legumes, pesando cenoura, mamão, brócolis, tomate, cebola, berinjela, banana, abobrinha e afins, quando depositei o último saquinho pesado na parte de baixo do carrinho, levantei a cabeça e dei de cara com uma romã.

— Uma romã! — exclamei.

— A senhora quer levar? — perguntou a atendente.

— Sim, sim! Pesa pra mim?

Ela pesou e me devolveu a romã com seu preço de ouro: R$ 9,32. Achei que merecia me dar de presente uma romã de R$ 9,32. Imaginei logo no aproveitamento do organismo, na hora do desjejum, com as propriedades antioxidantes da romã.

Levantei no dia seguinte com uma motivação extra: absorver os nutrientes da romã. Peguei uma faca de serra bem afiada, já que a casca era bem dura, e comecei a cortar e a cortar e a cortar até ela se partir ao meio. Com o corte veio uma pontinha de decepção. Aquela romã não era vermelha e suculenta como a que eu assisti ser cortada na feirinha de sucos em Israel durante uma viagem de peregrinação religiosa. Eu tinha uma lembrança mais apetitosa da fruta.

Privada da romã de Israel, me restava achar graça na romã de R$ 9,32 do supermercado. Comecei, então, a catar as sementinhas com a colher — uma tarefa ingrata para dizer o mínimo. As sementinhas são coladas na polpa da romã, é preciso força, esforço e, sobretudo, concentração para arrancar sementinha por sementinha. Nem sempre as sementinhas se comportam. Ora saltam no chão, ora em cima da mesa, ora na roupa, deixando uma espécie de rastro de sangue na gente.

— Essa é a típica fruta pra comer com calma, de férias, e não em Porto Alegre numa terça-feira cheia de coisas para fazer — resmunguei. — Desse jeito, vou perder a manhã catando sementinha.

— Como é que se come isso? — perguntou o Chico, aproximando-se com seu prato de banana prata amassada com chia e linhaça dourada.

— Acho que é assim, sementinha por sementinha. Como se eu não tivesse mais nada pra fazer da vida.

— Como foi que tu comeu em Israel? — meu marido quis saber.

— Em Israel, eu não comi. Bebi. Eles cortam a romã pela metade, colocam inteira numa máquina e dela sai um suco maravilhoso. Quer provar uma sementinha? — perguntei.

— Não, obrigado.

Chico já estava acabando de comer o prato de banana amassada quando eu terminei de arrancar as sementinhas de uma das metades da romã. Seguindo a lembrança do vendedor de sucos de Israel, achei que poderia dar certo se colocasse todas as sementinhas e o resto do bagaço no liquidificador. Despejei água no liquidificador junto com as sementinhas e o bagaço, bati e servi em dois copos.

— Fiz um suco pra ti — disse para ele.

Brindamos à saúde e à qualidade de vida e bebemos. Foi então que a cena de horror aconteceu.

— O que é isso?! — ele gritou, parecendo que vomitava sangue na pia.

— Isso o quê? — me fiz de desentendida, engolindo aquele troço.

— Não dá pra beber esse negócio!

— Acho que eu não deveria ter batido o bagaço... — ponderei.

— Tu bateu aquele bagaço junto?

— Bati... Mas vou coar. Me dá aqui — e peguei o copo da mão dele.

No coador ficou depositado o bagaço dos dois copos. Servi de novo e ofereci de novo.

— Quer provar agora só o suco sem o bagaço?

— Nem morto! — respondeu

"Melhor pra mim", pensei.

Despejei os dois sucos em um copo maior, sentei no banquinho da cozinha e bebi um golão de uma vez. Minha visão ficou turva, meus braços se arrepiaram e saí tropeçando até a pia para cuspir. A certeza de que aquela romã não era como a de Israel eu tive alguns minutos depois, ao procurar as fotos da viagem para efeito de comparação. Foi quando toda e qualquer dúvida se dissipou. A romã de R$ 9,32 do supermercado que eu tanto achei que merecia de presente pelo esforço de finalmente conseguir equilibrar o lado profissional e o pessoal, além de me considerar uma dona de casa e esposa exemplar, não tinha nada a ver com a romã de Israel por uma simples razão: uma era vermelha; a outra, um tanto marrom. Uma era fresca; a outra estava podre.

Um exercício para chamar de meu

É humanamente impossível para a felicidade e a saúde de um casamento, quando as duas partes trabalham de manhã à noite, dar conta de todas as tarefas do lar. Foi por isso que, desde o primeiro dia de vida a dois, concluímos que precisaríamos de ajuda algumas vezes durante a semana. Além de limpar a casa, nossa funcionária tem a missão de deixar o jantar pronto na geladeira. Mas quem decide o cardápio, na maioria das vezes, sou eu, sempre diante da inevitável dúvida:

— Dona Mariana, o que eu deixo para o jantar?

Cada vez que a Rosa me faz essa pergunta, eu tenho vontade de chorar. Tem vezes que até choro. Meu repertório gourmet é o mesmo desde que casei: carreteiro com arroz sete cereais, sopa de legumes, sobrecoxa no forno com cebola e tomate, panqueca de carne com ovo e azeitona, molho de tomate para um desejo repentino e prático de comer espaguete.

Cada semana que passa, adquiro um novo livro com ilustrações incríveis para minha biblioteca de culinária. Só que a vida é tão corrida que não consigo encontrar tempo para fazer alterações no repertório do menu. Uma das mentiras que nos contaram é que nós, mulheres, podemos conciliar perfeitamente as funções de mãe, esposa, companheira, amante e, ainda por cima, ter uma carreira profissional brilhante. É simples: não podemos. Outra grande mentira que nos contaram diz respeito à mulher que trabalha. No começo, ela até tenta se vestir no capricho, usar sapato de salto e estar sempre maquiada, mas cedo se vão as ilusões.

Há maneiras de viver mais e com melhor qualidade de vida em meio ao caos da falta de tempo e da quantidade de exigências e demandas do dia a dia. Eu acredito muito que o esporte ajuda nesse sentido. Em Barcelona, descobri a ioga; aqui em Porto Alegre, o pilates. São atividades que proporcionam uma vida mais feliz e de muito prazer, mas são atividades anaeróbicas. É importante que sejam intercaladas com algo que estimule a frequência cardíaca, ou seja, o maldito exercício aeróbico. O problema é: qual o menos pior?

Teve uma época em que tentei pular corda. Na minha cabeça, funcionava da seguinte forma: como o passeio matinal com o Bento é algo sagrado, poderia aproveitar essa hora em que ele cheira as gramas do parque e pular corda, a tão propagada economia de tempo que vale ouro nos dias de hoje.

Foi então que minha irmã veio novamente com aquela teoria de que enxergo o mundo com óculos particulares.

— Tudo funciona à sua maneira e ao seu ritmo no mundo fantástico da Mariana — repetiu a Lucia, ao ser informada sobre minha intenção.

No fantástico mundo da Mariana, a Mariana imaginou que pularia corda melhor do que o Rocky Balboa.

— Me avisa quando tu comprar a corda que eu quero estar lá no parque bem sentadinha tomando meu chimarrão e assistindo a tudo — ela ironizou.

Comprei a corda, mas achei melhor treinar antes na garagem do prédio. Pensei que fosse morrer. Não consegui pular com os dois pés juntos. Tinha que colocar primeiro o pé direito e depois o esquerdo. Fazendo esse movimento repetidamente, comecei a sentir que estava sobrecarregando meu joelho direito. Então, resolvi alternar. Só que não sou canhota, portanto não tenho coordenação de levar à frente a perna esquerda. Não raro a corda ia parar no meu pescoço.

Meu recorde de pulos chegou a 43 ininterruptamente. Meu coração parecia saltar pela boca. Estou longe de ser uma pessoa sedentária e prefiro a escada ao elevador. Também tenho capacidade de correr 40 minutos na esteira, mas nunca pensei que a corda pudesse alterar tanto a frequência cardíaca. Fiz alguns intervalos para me recuperar. Pulei ao todo dez minutos e me desafiei a aumentar cinco a cada dia. O desafio durou até a manhã seguinte. Peguei aquela corda miserável, soquei bem socada em uma sacola de plástico e arremessei no lixo do vizinho.

Jamais corri por prazer, sempre por obrigação. No Rio, ao redor da lagoa ou na paisagem do calçadão de Ipanema, essa obrigação era bem menor. Mas nunca chegou a ser, digamos assim, um lazer. Aqui em Porto Alegre, virou um tormento. Eu até tive boa vontade de começar. Não há como não se iludir vendo tantos corredores profissionais, amadores e ocasionais pelas ruas e parques da cidade. Dá a impressão de que basta colocar um tênis apropriado e pronto: os pés ganham asas e o corpo sai deslizando pelo asfalto.

Em uma manhã de início de horário de verão, vesti top, camiseta, bermuda, casaco levinho (estava fresquinho), meia curtinha, tênis, viseira, óculos de sol e saí me despencando lomba abaixo até encontrar uma área plana. Tentei correr na rua, mas como é que a pessoa coordena os óculos caindo do nariz e a viseira da cabeça, o casaco desamarrando da cintura e o cadarço do tênis do pé com carros, caminhonetes, táxis, ônibus, motos e sinaleiras?

Peguei a direção do Parcão — e tive a sensação de que é só dentro das minhas meias que as pedrinhas do parque se escondem. Meu tênis ficou tomado de pedrinhas. E a coceira nas pernas? Só eu sinto uma coceira desesperadora nas pernas durante a corrida? Pelo menos, só eu era vista me coçando escondida atrás das árvores do parque como se fosse um bicho sarnento.

"Não preciso passar por esse tipo de humilhação", pensei.

Abandonei a ideia. Resolvi experimentar a natação. Sempre ouvi que a natação é um esporte completo, sem impacto, que trabalha todos os músculos do corpo e faz com que a gente saia da água se sentindo em outra dimensão.

O Chico faz natação, e eu sou testemunha de que ele realmente sai da piscina usufruindo de uma paz de espírito que não tinha quando entrou. Mesmo sabendo que não sou muito chegada a piscina, banheira, jacuzzi ou qualquer outra coisa dessas de água parada, sobretudo em lugares com mais de duas pessoas dentro, resolvi experimentar.

Comprei maiô, touca e óculos e fingi que não vi a desgraceira no espelho do vestiário. Deveria ser proibido uma mulher ver-se obrigada a colocar maiô de natação, touca de látex e óculos e ainda topar com um espelho pela frente. Se nadar seria o caminho para conhecer essa tão falada outra dimensão, então eu deveria sublimar esses detalhes mundanos de aparência e me jogar de corpo e alma dentro da piscina. Foi o que fiz durante 50 minutos e confesso que saí da água sentindo na pele e no espírito essa outra dimensão. Só que entre eu e a piscina havia um vestiário.

Não existe viagem para outra dimensão capaz de resistir ao caminho de volta ao vestiário. Não existe desgraceira maior do que chegar ao vestiário molhada em cima de um par de chinelos molhados, com o cabelo todo desgrenhado, com o rosto todo marcado dos óculos e ainda ter que pegar a sacola, botar a sacola em cima de um banco, abrir a sacola, retirar os saquinhos plásticos para guardar o maiô encharcado junto com a touca e os óculos, pegar a nécessaire, sair equilibrando toalha, xampu, sabonete e condicionador até o chuveiro, sempre pisando naquele chinelo nojento molhado, tomar banho na companhia de fios de cabelos de terceiros, recolher sabonete, condicionador e xampu, secar um por um com a toalha, se enrolar na toalha, voltar pingando até o armário em cima daquele chinelo nojento molhado, abrir o armário, abrir a sacola, guardar o xampu, o condicionador e o sabonete dentro da nécessaire, retirar o pente, desembaraçar o cabelo cuidando para não deixar fios caírem no chão, passar hidratante na volta dos olhos, sérum facial, creme com proteção solar, hidratante corporal, vestir a roupa toda amassada dentro da sacola, sentar no banco com o pé ainda molhado em cima daquele chinelo nojento com fios de cabelo de terceiros grudados na sola, secar dedinho por dedinho, colocar o sapato, secar o chinelo, ensacar o chinelo e terminar a maratona botando os bofes para fora do calorão que sai daquela quantidade de chuveiros quentes e secadores ligados.

Há alguma sensação de plenitude que dure depois disso?

Eu não conheço.

Nessa busca constante por um exercício aeróbico para chamar de meu, lembrei de ter lido não sei quando nem onde sobre um aparelho que a Madonna tem em casa e que, segundo ela, é o segredo da sua excepcional forma física. Chama-se Power Plate.

Passeava com o Bento quando topamos com uma loja de fitness especializada em esteiras e afins. Era uma manhã de sábado de sol, não tínhamos pressa. Resolvemos entrar na loja. O vendedor se aproximou.

— Este não é o aparelho que a Madonna tem em casa? — perguntei.

— Este mesmo. Quer experimentar? — ofereceu o vendedor.

— Quero. Me dá só um minutinho.

Amarrei o Bento no trinco da porta da loja e subi no aparelho.

— Vou ligar em uma frequência mais baixa porque ele é muito potente — avisou o vendedor.

— Ok.

"Nada poderá ser pior do que a coceira nas pernas da corrida e o vestiário da natação", pensei.

O troço começou a sacudir. A sacudir, a sacudir, a sacudir. Comecei a ficar enjoada e quis descer.

— Moço, acho que quero descer — pedi.

Mas ele não ouviu. Estava do outro lado da loja. Eu insisti, um pouco mais alto:

— Moço, acho que quero descer, viu?

Nada. Chamei um pouco mais alto ainda.

— Moço, eu vou querer descer do aparelho, o senhor pode me ajudar? Moço, como é que faz pra parar? Moço, eu estou enjoada! Bento, cutuca o moço!

"Como é que eu vou cutucar o moço, se eu estou amarrado e ele está no telefone?", me encarava o Bento.

O Power Plate sacudia, sacudia, sacudia. Eu sentia todos os órgãos internos do meu corpo em ebulição. Era como se tivesse alguém com uma colher de pau revirando meus rins, meu estômago, meu fígado, meu pâncreas, meus intestinos. E eu estava tão tonta, mas tão tonta daquela engenhoca sacolejando que já não sentia mais as pernas e não conseguia descer. Parecia que meus pés estavam colados naquela maldita plataforma vibratória.

"Acho que vou vomitar", pensei.

E vomitei. Não exatamente em cima do Power Plate da Madonna, que gastava 200 calorias em 12 minutos e custava algo em torno de R$ 7 mil, mas vomitei. No canteiro da entrada da loja eu vomitei.

Como não sou de guardar mágoas nem ressentimentos, voltei com o Bento àquela mesma loja duas semanas depois, às vésperas do Dia das Mães. Eu já havia eliminado a possibilidade da corrida na rua, da natação e do Power Plate. Precisava fazer um exercício aeróbico e só me restava a esteira. É chato? É. Mas é necessário. Ponderei que havia chegado a hora de investir em uma esteira.

— Bento, vamos olhar os preços — convidei.

Entramos na loja e o vendedor pareceu ter lido nosso pensamento.

— Olá, bom dia! Estamos com uma súper promoção de esteiras para o Dia das Mães.

"O universo está conspirando a favor", pensei.

O desconto era realmente tentador, e a divisão do restante poderia ser feita em parcelas a perder de vista. Achei que merecia esse presente de Dia das Mães.

À noite, em casa, comentei com o Chico sobre a esteira, sobre o desconto e sobre as parcelas a perder de vista. Comentei do meu desejo de encontrar um exercício aeróbico que me fizesse bem e, sobretudo, lembrei da proximidade do Dia das Mães.

— Mas tu nem é mãe! — exclamou ele.

— Ué?! Como não?

— Mãe de quem?

— Sou mãe do Bento! — respondi.

— Mas o Bento é um cachorro!

Precisava pensar rápido em argumentos convincentes para não perder o fio condutor que levaria o desfecho para onde eu queria: a esteira de presente.

— Sou mãe em potencial! — insisti.

— Mãe em quê?

— Mãe em potencial — repeti. — Sou uma mulher casada, o que me leva a concluir que serei mãe um dia. Portanto, sou mãe em potencial.

Ele riu e mudou de assunto.

Ter uma esteira em casa passou a ser uma questão de honra. Fiquei dois dias atormentada calculando o investimento. Só havia quatro esteiras em promoção no estoque e eu tinha presenciado a venda de uma delas pelo telefone. Restavam três. E se eu não chegasse a tempo? Voltei sozinha até a loja. Subi na esteira, caminhei, saltitei, corri. O vendedor mostrou que a esteira recolhia, o que economizava espaço na casa.

Era a informação que faltava. Saquei meu cartão de crédito da bolsa e parcelei em dez prestações de R$ 400 — todas já quitadas. Se a esteira virou cabide? Isso já é outra história.

Só bebo o que eu quero

Minha insistência em praticar uma atividade aeróbica vai muito além daquele desejo eterno de perder os tais dois quilos a mais. Pratico para desfrutar a sensação de prazer que o exercício proporciona. Aprendi que esse processo é químico, ou seja, por ser um hormônio produzido pelo próprio organismo, a endorfina tem uma potente ação analgésica. Ao ser liberada, durante o exercício, estimula a sensação de bem-estar e melhora o estado de humor. Algumas pesquisas afirmam que os efeitos da endorfina são sentidos até uma ou duas horas após a atividade física. Para ser bem sincera, eu amaldiçoo cada minuto em que me estrebucho em cima da maldita esteira. Quando desligo o aparelho, porém, é como se tivesse alcançado o Nirvana. Uma onda de tranquilidade e paz toma conta do meu espírito — e dura não só uma ou duas horas, mas todo o restante do dia. Dá vontade de mais e mais. O problema é vencer a inércia e subir na esteira outra vez.

Nos momentos de bem-estar proporcionados pela endorfina, um dos meus hobbies preferidos sempre foi correr até o supermercado para comprar frutas, verduras, legumes e aprimorar ainda mais a busca por uma alimentação saudável. Já caí em todo tipo de dietas e promessas: *Dez passos para detonar seis quilos, Combo anticelulite para o verão, Plano seca-barriga, Perca 12 quilos com as calorias do bem*. O problema não são as promessas das capas dessas revistas de boa forma. O problema foi que eu sempre acreditei, comprei e embarquei.

Nunca fui uma pessoa de fazer dieta — até porque eu sempre vivi de dieta. Sempre tive obsessão por novas dietas. Hoje em dia, não tenho mais tempo nem paciência. Quero que o Dr. Atkins e o Dr. Dukan se abracem na Dieta da Lua, na Dieta Líquida, na Dieta Nota 10, na Dieta do Piercing na Orelha, na Dieta do Sabão, na Dieta da Comida Crua, na Dieta do Tipo Sanguíneo, na Dieta da

Bela Adormecida, na Dieta Funcional, na Dieta do SPA, na Dieta da Tênia Amiga, na Dieta Bíblica e ardam todos no fogo do inferno.

Não quero mais ouvir falar em atriz que jura comer meio mamãozinho papaia com uma fatia de pão integral light coberta por uma fatia de peito de peru light e outra fatia de ricota light e afirma com a maior cara de pau do mundo que é feliz assim. Duvido.

Os dois quilos que sempre quis perder, agora não quero mais. São meus grandes companheiros e não me fazem uma pessoa pior, como sempre acreditei. Também deixei de me sentir um ser humano menos nobre por, enfim, admitir para mim mesma que não bebo — e não beberei — os tais dois litros de água por dia. A última vez que entrei nessa paranoia generalizada de me afogar com dois litros de água por dia, parei de trabalhar. Não conseguia me concentrar. Eu me entupia de água e ia ao banheiro, me entupia de água e saía me descabelando até o banheiro. Quando começava a querer me concentrar no trabalho... Acontecia. Tinha que ir ao banheiro de novo.

Sair na rua tornou-se um pesadelo. Precisava lembrar de colocar a garrafinha de água dentro da bolsa e calcular quanto tempo levaria até determinado local — e se lá havia um banheiro decente. Ir ao cinema virou um fardo. Antes de entrar na sala, eu ia ao banheiro para garantir. No meio do trailer, já tinha que sair pedindo licença para voltar.

E a fila do pão no supermercado? Entrava naquela enorme fila, naquele horário do pão quentinho, esperava durante horas as pessoas decidirem qual era a tonalidade que gostariam do pãozinho, se mais clarinho ou mais torradinho e, quando estava prestes a chegar minha vez, eu não conseguia mais raciocinar de vontade de ir ao banheiro.

Não fui eu que inventei essa história dos dois litros de água por dia. Foram essas atrizes e esses especialistas dessas revistas de boa forma que eu não compro mais. Quer emagrecer? Beba dois litros de água por dia. Quer ter a pele linda e hidratada? Beba dois litros de água por dia. Quer eliminar celulite e gordurinhas localizadas? O segredo é beber dois litros de água por dia. No mínimo, viu? Pois quer saber? Não bebo. Agora só bebo a quantidade de água que eu quero, a quantidade que me dá prazer. E quando tenho sede.

Fiquei ainda mais convicta e orgulhosa dessa minha determinação depois de ler um texto publicado no British Medical Journal, escrito pela médica escocesa Margaret McCartney. Diz Margaret: "O conselho de beber cerca de dois litros de água é nonsense".

O artigo informa que os únicos benefícios já comprovados da alta ingestão de água são dirigidos a pacientes que têm histórico de pedras nos rins e que essa imposição corre o risco de ser até prejudicial, inclusive por fazer as pessoas se sentirem culpadas por não beberem água o suficiente. Muito obrigada, doutora Margaret. A senhora tirou um peso das minhas costas.

Outro peso que eu mesma tirei sem precisar da ajuda da doutora Margaret diz respeito ao tal suco verde milagroso. Reza a lenda e as malhadoras de Instagram que um copo de suco verde pela manhã significa a cura de todos os males. Resolvi experimentar.

Anotei a receita, comprei couve, cenoura, brócolis, espinafre, maçã e sei lá mais o quê e bati tudo no liquidificador. Tentei convencer o Chico de que tínhamos na cozinha de casa a fórmula natureba da longevidade. Ofereci um copo para que experimentasse, mas ele, talvez ressabiado com tantos infelizes episódios anteriores, declinou.

— Bebeu? — ironizou.

Bebi. Bebi durante três dias. No quarto, tive uma crise aguda de azia e nunca mais pude ver um troço desses pela frente.

Mais uma bobagem que inventaram é a de que podemos ficar igual a uma estrela de cinema. Basta o mesmo corte de cabelo. Teve uma época em que tive certeza que poderia ficar igual à Camila Pitanga.

Ela tinha o cabelo comprido; eu também. Ela apareceu linda com o cabelo curtinho em uma novela. Eu quis fazer igual. Anotei o nome e o endereço do cabeleireiro que havia feito aquela revolução na cabeça da atriz. Numa ida a São Paulo, marquei horário com ele. Cheguei ao salão num entusiasmo só. Deveria ter comentado sobre a ideia com alguma amiga. Não dizem que as amigas falam as maiores verdades? Com certeza me alertariam que nem por decreto eu ficaria igual a Camila Pitanga.

Talvez tivessem me alertado também que há dois pesos e duas medidas na hora de cortar o cabelo de uma global (a Camila) e de uma reles mortal (a Mariana). De posse de uma navalha, o cabeleireiro repicou, repicou, mas repicou tanto meu cabelo que eu fui murchando na cadeira. Quando ele acabou, eu estava irreconhecível. Chorando desci as escadas do salão, chorando fiquei R$

400 mais pobre e chorando entrei no táxi me sentindo o próprio Xororó na época do sucesso *Nuvem de lágrimas*. A letra, inclusive, traduzia com perfeição meu sentimento em relação ao lindo cabelo que deixei para sempre no chão daquele maldito salão.

Há uma nuvem de lágrimas sobre meus olhos
Dizendo pra mim que você foi embora
E que não demora meu pranto rolar
Eu tenho feito de tudo pra me convencer
E provar que a vida é melhor sem você
Mas meu coração não se deixa enganar

Cada um no seu quadrado

Episódios como a saga em busca do rosto da Camila Pitanga não são situações isoladas ao longo da minha trajetória de óculos cor de rosa. Nos meus tempos de São Paulo, me comportei como uma paulistana legítima. Gastei rios de dinheiro e me submeti a praticamente todos os tratamentos de beleza a fim de exibir um corpo igual ao da Adriane Galisteu e usei todas as colorações disponíveis no mercado com o propósito de ostentar um cabelo semelhante ao da Gisele Bündchen. Obviamente, nada nunca deu em nada. Ainda bem que aprendi a rir para não chorar.

Algumas pessoas custam mais do que outras até conseguir se aceitar como são. Não tenho dúvida de que fiz parte da turma das retardatárias. Isso incluiu a demora em compreender o funcionamento do meu relógio biológico e, consequentemente, parar de brigar comigo mesma.

A verdade é que tenho verdadeiro horror de acordar já devendo minutos. Admiro quem salta da cama, entra no banho, veste uma roupa, toma café e sai porta afora. Quer me ver irritada, estressada e mal-humorada o resto do dia? Me submete a uma manhã assim. Foram muitas manhãs irritada, estressada e mal-humorada até perceber onde estava a raiz do problema.

Preciso abrir os olhos com calma e tranquilidade, nem que, para isso, o despertador soe meia hora mais cedo. Dou aquela boa espreguiçada, coloco um pé no chão, depois o outro. Escovo os dentes, lavo o rosto, passo hidratante. Então, caminho com calma até a sala, preparo o café, rego as plantas. Uma coisa de cada vez.

Esse é o ideal de rotina que sonho ter um dia. Na prática, minha manhã funciona um bocado mais apressada. Acordo cedo todos os dias — e sempre atrasada. Para piorar as coisas, Bento faz questão de ressaltar esse atraso: já está em pé sobre duas patas ao lado da cama, como que dizendo: "Vamos passear?"

Confiro o relógio, levo um susto, atiro todos os travesseiros para cima, corro até o banheiro para escovar os dentes e lavar o rosto, espio pelo espelho e o Bento está parado na porta.

"Vamos?"

Saio me deslizando até o closet e visto qualquer roupa (no inverno, é comum sair de pijama por baixo do casaco para ganhar tempo), coloco meia, tênis, espio a porta e a criatura está estaqueada pressionando.

"Vamos?"

Tento manter a ansiedade sob controle, já que ela é menos minha e mais dele. Finjo que está tudo bem, que não estou ficando angustiada com aquela pressão. Coloco o pé no corredor — e a criatura já está prostrada na porta de casa.

"Vamos?"

Não raro, desisto do café da manhã para acabar logo com aquela agonia. Coloco saquinhos plásticos no bolso para juntar o cocô do animal, pingo uma gota de colírio em cada olho, procuro onde deixei os óculos de sol, enrolo o cabelo de qualquer jeito com um elástico, abro a porta de casa para ele já ir descendo e saio me despencando atrás. O Bento, a essa altura, já está parado na porta de entrada do prédio como quem diz:

"É pra hoje ou pra amanhã?"

Minha mãe diz que sou escrava (sempre fui, aliás) dos meus cachorros, que eles fazem gato e sapato de mim. Não tiro a razão dela. Tem determinadas manhãs em que tenho vontade de estrangular o Bento, pegar pelo pescoço e sacudir. Só que essa gana passa no instante em que vejo ele sair porta afora se rebolando, feliz com pequenos prazeres da vida, cheirando as mesmas gramas e calçadas de sempre com o entusiasmo de quem faz isso tudo como se fosse a primeira vez.

Como bem disse a escritora Nélida Piñon, abraçada em seu cão Gravetinho, "é impressionante a capacidade que eles têm de nos ensinar sobre a vida". Esses nossos passeios diários matinais, que duram entre 45 minutos e uma hora, dependendo do itinerário escolhido pelo Bento, são momentos de reflexão. Não coloco fones de ouvido. Caminhamos os dois em silêncio. Ele entretido em seu mundo; eu entretida no meu.

Apesar de todo esse atropelo de sair de casa correndo que tanto me angustia, passei a sentir necessidade dessas caminhadas. É quando brotam minhas melhores ideias, inspirações e projetos de vida. O problema acontece quando, vez ou outra, uma desavisada cruza o nosso caminho.

Com a história de cheirar grama daqui, cheirar calçada dali, teve um dia em que a guia do Bento se enroscou no tronco de uma árvore. Tentei contornar a árvore, ora por um lado, ora por outro, com os dois braços abertos. Foi quando olhei fixamente para ela; e ela, a árvore, olhou fixamente para mim. Me deu vontade de abraçá-la, um abraço bem apertado.

Não lembrava a última vez em que tinha abraçado uma árvore. Aliás, não lembrava de alguma vez ter abraçado uma árvore na vida. Resolvi que seria ali, naquele momento — sobretudo porque era um dia de semana normal e eu me sentia ainda mais privilegiada por me conceder tempo para abraçar uma árvore. Experimentei uma sensação incrível de plenitude, de tranquilidade, de calmaria. Abracei aquela árvore e foi como se o mundo, o tempo, o relógio, aquela pressa e angústia tivessem cessado por um instante. O universo fez uma pausa, e eu respirei profundamente.

A força daquela árvore me transmitiu uma paz de espírito que eu não sentia havia muito tempo. A vida poderia terminar ali. Eu morreria feliz. Foi então que um berro me trouxe de volta ao mundo real:

— Olha o teu cachorro aí, sua louca!

Presa no trânsito e provavelmente atrasada, uma criatura loira, de blazer cinza e camisa estampada, esbravejava, com o dedo em riste na minha direção e meio corpo para fora do carro.

— Teu lugar é no manicômio, sua débil mental! Fica aí de pijama abraçada numa árvore e não cuida do teu cachorro!?

O Bento cheirava uma das gramas de sempre e não estava sequer próximo ao meio-fio da calçada. Eu tinha soltado a guia do Bento por alguns instantes porque sei que ele é um cara obediente, comportado e bem educado. Mas o invejoso chora mais o bem alheio do que o próprio dano. Em suma, sou da turma que quanto mais conhece os homens, mais admira os cães.

Sábado é dia sagrado

Meu dia da semana preferido é o sábado. Sábado de manhã — para ser mais específica. O fim de semana está apenas começando e a sombra horrorosa do domingo à noite ainda é apenas isso: uma sombra horrorosa no horizonte. Todo final de sexta-feira eu faço planos para a manhã de sábado. Tenho planos mil de concretizar tudo aquilo que a semana não permitiu. É justamente aí que mora o problema. Nunca sei por onde começar a colocar meus planos em prática.

Sábado é dia de tomar café da manhã sem atropelos, depois passear com o Bento sem pressa. Também é dia de ir ao salão, porque sábado é dia de fazer a mão, de fazer hidratação, de fazer depilação. É dia de almoçar fora, ou quem sabe fazer um churrasquinho em casa, aproveitando o sol que entra pela varanda. Pode ser também dia de almoçar com a mãe e o pai, já que passamos a semana sem tempo de nos ver, ou de aceitar o convite dos sogros para um almoço em algum lugar. Então, o sábado começa a ficar tumultuado. Em vez de acordar feliz com a perspectiva de um dia livre, leve e solto, eu já acordo tensa. E começo a fazer contas.

O passeio com o Bento vai durar uma hora. É o tempo que eu deveria correr na esteira. Mas como já vou ter caminhado com ele durante uma hora, vou usar esse tempo que correria na esteira para ir ao salão. Mas eu não marquei hora no salão, portanto, se eu não for cedo ao salão, não vou conseguir horário para fazer a mão ou alguma hidratação no cabelo. Mas seu eu for cedo ao salão, vou ter que passear menos tempo com o Bento e estarei frustrando meu cachorro do esperado passeio de fim de semana. Além disso, se eu for cedo ao salão, não vou poder fazer o que mais gosto, que é acordar sem despertador, tomar meu café com calma e ler o jornal no sol. Só que, se eu tomar o café com calma depois de acordar sem despertador, não vou ter fome para o almoço na mãe ou na minha sogra — e odeio sentar para almoçar sem fome.

Essa contabilidade de tempo vai dando um nó no meu cérebro e resolvo molhar as plantas enquanto continuo tentando encontrar horário para tudo. Talvez o mais lógico fosse passear com o Bento e aproveitar a caminhada para passar na farmácia (adoro uma farmácia). Durante o passeio, aproveito para marcar a hora no salão por volta de meio-dia e pouco, já que é um horário em que as pessoas costumam almoçar e certamente conseguirei algum encaixe. O problema é que, se eu for ao salão por volta de uma hora da tarde, vou terminar lá pelas duas e pouco. Provavelmente, ligarão convidando para almoçar quando eu estiver com a cabeça molhada na pia do cabeleireiro. O melhor talvez seja esquecer o salão de vez e fazer aqueles exames de sangue que estão esperando há meses para serem feitos. Só que tomei café, precisava estar em jejum. Já sei! Vou ao supermercado.

Nunca tenho tempo de ir ao supermercado com calma. Posso aproveitar e folhear aquele livro de receitas de wok que comprei quatro anos atrás, buscar alguma receita bacana e comprar os ingredientes para fazer algum prato especial no fim de semana na panela de wok que comprei junto com o livro de receitas quatro anos atrás e que nunca usei. Ou então compro só o básico mesmo e aproveito para levar a pilha de roupas que separei para o conserto. Tem também duas botas que eu preciso levar no sapateiro para mandar arrumar o salto. E tem também a penteadeira que eu vi em uma revista e que me disseram que encontraria modelo bem parecido em um galpão de uma loja lá perto da rodoviária. Wok, costureira, sapateiro ou penteadeira?

A essa altura, meu cérebro já deu um nó cego. Estou imobilizada no meio da varanda de casa com o regador em punho sem saber para que lado ir — e acabo usando o turno preferido do meu dia preferido para não fazer nada e não ir a lugar algum.

— E isso que tu ainda não tem filhos! — observou uma amiga minha, depois de ouvir todo esse relatório.

Não tenho filhos, mas tenho duas jabuticabeiras impossíveis.

Na janela da nossa sala, há dois canteiros com espaço suficiente para plantar uma árvore frutífera em cada um. O debate doméstico sobre qual seria essa árvore foi bastante exaustivo. Depois de muito isso ou aquilo, achei que tinha encontrado a solução.

— Vamos plantar laranjinhas! — sugeri.

— Vamos plantar duas jabuticabeiras — respondeu o Chico.

A princípio, não me entusiasmei muito com a ideia. Eu não sabia sequer qual era o tamanho de uma jabuticabeira e jamais havia colocado uma jabuticaba na boca, nem geleia ou coisa alguma.

— Tu vai ver que árvore linda. As frutas nascem no tronco, as árvores vão ficar tapadas de jabuticabas e nós vamos comer frescas direto da varanda.

— Hum... — resmunguei, e fui terminar de lavar a louça.

Compramos duas jabuticabeiras, alguns meses se passaram e elas começaram a dar flores e, depois, frutos, bolotinhas lindas que ameaçavam explodir de tanta felicidade numa árvore plenamente saudável e feliz. Vivia eu, encantada da vida, com meus dois pés de jabuticaba nos canteiros da janela quando, em uma bela manhã de sol, me aproximei para admirá-las melhor e quase caí para trás.

— Mas o que é isso? — soltei um grito.

Eram pragas. Pulgões.

Fiquei arrasada. Saí porta afora até a casa de jardinagem mais próxima atrás de um jardineiro que me desse orientações. Não tenho filhos e não compartilho do desespero das minhas amigas mães para encontrar babás boas e de confiança. Em compensação, a partir daquele dia, entendi a dificuldade de encontrar um jardineiro decente. Tentei quatro e desisti.

O primeiro tinha sotaque argentino, era doido varrido, não calava a boca e me deixava estonteada. Falou meia dúzia de bobagens, entrou por uma porta e saiu pela outra. O segundo era um senhor grande, corado, com jeito de gringo que já chegou palestrando e avisando que eu estava fazendo tudo errado. Mexeu e remexeu na terra das jabuticabeiras, atirou metade da terra no meio da sala, pisoteou bastante o resto da casa e me deixou de quatro com vassoura numa mão e pano úmido na outra. O terceiro pareceu mais confiável. Deu uma olhada geral em todas as plantas do apartamento e sugeriu realizar uma manutenção mensal, pela qual cobraria R$ 100. Achei caro, mas ponderei que era o preço a pagar para nunca mais me preocupar com adubos, pulgões, colchonilhas, terras e afins. Tudo andava bem dentro do acordado, até que comecei a reparar que as visitas de uma hora por mês estavam se resumindo a 15 minutos. Ele chegava aqui, dava um pivô no meio da sala, colocava R$ 100 no bolso e só voltava no mês seguinte para outro pivô.

Foi depois de um desses rodopios, quando ele já havia batido a porta, que nossa funcionária comentou.

— Dona Mariana, a senhora viu que as jabuticabeiras estão tapadas de pulgões?

— O quê?

— As jabuticabeiras estão tapadas de pulgões e formiguinhas — ela repetiu.

— E cadê o jardineiro?

— Acabou de ir embora.

Peguei o carro e fui atrás de outra loja de jardinagem. Trouxe um quarto jardineiro quase pelo pescoço. Ele entrou em casa dando uma olhada geral e avisando que eu teria que podar tudo. Tudo, tudo, tudo. Podar a horta, podar os podocarpos, podar as ráfias, podar o pau d'água, podar o fícus, podar as jabuticabeiras. Podar mesmo. Deixar quase nada.

— Eu não vou podar como o senhor quer — me indignei. — Só quero que o senhor me diga como eu salvo as jabuticabeiras sem precisar arrancar pela raiz — pedi.

— Tem que podar — ele insistiu.

— Mas deve existir outra opção. Não há um veneno que mate esses pulgões?

— Mas se a senhora colocar veneno, não vai poder comer as jabuticabas.

— Se a solução pra vida delas for eu não comer as jabuticabas, não preciso comer jabuticaba nenhuma! — respondi.

— Ah. Então, a senhora pode tentar colocar Malathion — ele sugeriu.

Comprei dois tubos de Malathion e descarreguei nos dois pés de jabuticaba. Esperei uma semana, comprei mais dois tubos e descarreguei de novo. Estava obcecada. Havia me transformado na exterminadora de pulgões.

— Só não esquece de proteger o rosto e as mãos — observava sempre o Chico, enquanto me via passar para lá e para cá tomada por uma sede de vingança.

Aos poucos, fui vencendo a batalha, e as jabuticabeiras voltaram a dar folhas e frutas saudáveis. Foi então que acordei numa segunda-feira cheia de coisas para resolver ao mesmo tempo: os detalhes de uma palestra para a qual havia sido convidada, o banho do Bento marcado na pet shop, a aula de pilates, a despensa vazia, a ida ao supermercado, o resgate do Bento da pet shop, o meu banho e o meu trabalho.

Sem saber por onde começar, sem tempo nem para uma xícara de café preto, passei a mão na coleira do Bento, arranquei cinco jabuticabas da árvore e bati a porta de casa. Foi quando senti um calafrio percorrendo todo o corpo. Eu havia batido a porta de casa com a chave dentro.

— Eu não acredito — foi minha primeira reação.

— Eu não fiz isso — foi minha segunda reação.

— Bento, por favor, diz que eu não fiz isso — pedi, com as duas mãos no rosto.

"Desculpa dizer, mas tu fez isso", foi a cara que ele me fez. "E ainda esqueceu meu xampu lá dentro".

"Eu não acredito", pensei.

Além do nervosismo da palestra, do atraso para o banho do Bento e para a aula de pilates, da despensa vazia e da necessidade de ainda buscar o Bento no banho, voltar para casa, tomar o meu banho e ir trabalhar, agora eu ainda tinha que conseguir sair do prédio e recuperar a chave. Toquei na campainha da vizinha e pedi a gentileza de abrir a porta de ferro que dá acesso à garagem. Pelo menos, eu tinha a chave do carro e conseguiria sair. Ela desceu conosco e abriu a porta de ferro.

— Muito obrigada — agradeci.

— Quer ficar com a minha chave da porta de ferro? — ela ofereceu.

— Não precisa, obrigada. Agora, eu saio de carro e na volta vejo como faço pra entrar em casa.

Ela se despediu e blam! Bateu a porta de ferro.

Coloquei o Bento no banco de trás do carro, liguei o carro e outro calafrio percorreu todo meu corpo. O controle da garagem estava junto com a chave de casa dentro de casa. Estávamos trancafiados na garagem escura, num prédio que não tem portaria, sem poder entrar nem sair. Comecei a chorar.

Meu choro foi crescendo em altura e intensidade. Passei a soluçar. Então, o celular tocou, e eu atendi sem mal conseguir falar.

— O que está acontecendo? — assustou-se o Chico.

— Esqueci a chave dentro de casa, a vizinha abriu a porta de ferro da garagem, eu disse que não precisava ficar com a chave dela, ela fechou a porta, foi embora, o controle da garagem está junto com a chave dentro de casa e agora estamos presos no escuro dentro do carro sem ter como entrar ou sair — eu soluçava.

— E o que eu posso fazer aqui do outro lado da cidade pra ajudar vocês? — ele quis saber

— Nada — eu chorava ainda mais alto.

— Mas tu ao menos tomou café?

— Não!

— Tu não comeu nada?

— Só deu tempo de comer cinco jabuticabas da árvore...

— Mas tu não tinha colocado veneno nas jabuticabas, Mariana?

— Tiiiiinha!!! — gritei, e me dei conta do pior.

Eu tinha atolado as jabuticabeiras de veneno durante 15 dias, tinha esquecido que não podia passar nem perto das jabuticabas e acabava de lembrar que havia ingerido cinco jabuticabas envenenadas. E com caroço.

— Tu comeu as jabuticabas com veneno e agora está trancada na garagem, Mariana? — ele insistia.

— Eu vou morrer!!!

Nuvens negras em uma vida de sol

Foi durante o período sabático em Barcelona que aprendi a parar, reparar e valorizar os pequenos grandes prazeres da vida. Um deles é vestir o pijama depois de um exaustivo dia de trabalho; o outro, logo na sequência, é abrir uma garrafa de vinho tinto. Só consigo respirar aliviada depois desse momento. E se estamos no verão, eu bebo vinho tinto gelado. É aquele momento, que já mencionei, da necessidade de ficar sozinha para manter um mínimo de equilíbrio mental. Li que essa minha dependência do momento *eu comigo mesma* acompanhada de uma taça de vinho já foi até tema de reportagem no New York Times.

Segundo o jornal americano, de olho nas mídias sociais, algumas vinícolas adotaram um novo caminho para divulgar os vinhos para as mulheres, promovendo a bebida como uma forma de relaxar de seus deveres domésticos, familiares e profissionais. A Chateau Ste. Michelle, de Washington, por exemplo, criou um anúncio que explicava: "Este é o momento em que você pode se tornar você outra vez — nem mãe, nem colega de trabalho, nem motorista, nem cozinheira".

Outro pequeno prazer que me faz excepcionalmente feliz é desconectar. Acredito que faço parte da última geração que valoriza o contato humano em detrimento a relacionamentos cultivados em redes sociais. Facebook, Twitter, Instagram, Foursquare, Pinterest e todas essas engenhocas que surgiram no rastro da internet contribuem para a criação de uma nova era que transformou a forma das pessoas se relacionarem.

Na Europa e nos Estados Unidos, já existe até um movimento para frear esse vício moderno de dar check-in no Foursquare, postar fotos da intimidade no Facebook e tuitar a primeira coisa que vem à cabeça. As pessoas estão prestando menos atenção e valorizando menos o mundo real. Pensava que era voz dissonante no meio dessa multidão cibernética, mas constatei que, ora, veja só, estou virando tendência.

O maior luxo do século 21, aquele que todos procurarão, chama-se *buraco negro*. São destinos espalhados pelo mundo onde a internet não pega. São para eles que as pessoas vão querer viajar nas férias com a esperança de tentar ter um pouco mais de paz e sossego longe de tanta conectividade.

Eu não preciso sair da minha casa para me sentir a salvo. Basta desconectar. Sem trauma algum. Não faço parte da turma moderna, mas como Ruy Castro, Ferreira Gullar, Martha Medeiros, Claudia Tajes, Woody Allen, Chico e Bento também não, estou em boa companhia.

Uma outra herança que trago da temporada em Barcelona e que sempre fiz questão de cultivar é a prática do slow food, naquela época recém-descoberta e amplamente difundida. A Slow Food International Association, cujo símbolo é um caracol, tem sua base na Itália. O que o movimento prega é que as pessoas devem comer e beber devagar, saboreando os alimentos, curtindo seu preparo com a família, com os amigos, sem pressa e com qualidade.

A base de tudo está no questionamento da *pressa* e da *loucura* gerada pela globalização, pelo apelo à *quantidade do ter* em contraposição à qualidade de vida ou à *qualidade do ser*. Essa atitude sem pressa não significa fazer menos nem ter menor produtividade. Significa fazer as coisas e trabalhar com mais qualidade e produtividade, com maior perfeição, atenção aos detalhes e menos estresse. Significa retomar os valores da família, dos amigos, do tempo livre, do lazer. Significa a retomada dos valores essenciais do ser humano, dos pequenos prazeres do cotidiano, da simplicidade de viver e conviver. Custei um pouco para encontrar esse equilíbrio entre vida profissional e pessoal, mas hoje posso dizer com convicção que é uma das minhas maiores virtudes. Nunca fui tão feliz e bem-sucedida dentro dos projetos a que me propus e sigo me propondo a fazer.

Trata-se de um exercício diário que requer atenção e disciplina a fim de não tender para o piloto automático da pressa e da correria desse mundo que se globalizou sem volta atrás. Ninguém tem mais ou menos do que 24 horas por dia. A diferença é o que cada um faz com o seu tempo, afinal, a vida é aquilo que acontece enquanto fazemos planos para o futuro, já dizia John Lennon.

No dia 31 de janeiro de 2013, eu não fazia nenhum outro plano além de querer conviver com meu marido e meu cachorro na mesa do café da manhã. Antes, porém, havia marcado um compromisso rápido: uma consulta médica para acompanhar a cicatrização de um pequeno sinal removido do meu ombro direito com uma espécie de bisturi, por meio de uma incisão semelhante ao ato de barbear — a técnica shaving, como é conhecida.

O shaving caracteriza-se por não precisar de pontos. Não que esse tipo de técnica tivesse proporcionado uma cicatrização maravilhosa — minha pele tem propensão à formação de queloide —, mas era uma remoção simples e até então vinha sendo eficiente. Era o segundo sinal removido do meu corpo com shaving.

A consulta estava marcada para as oito horas e seria rápida. Em meia hora, estaria de volta em casa.

— Me esperem para o café — gritei para o Chico.

— Estaremos te esperando — gritou ele de volta.

Cheguei alguns minutos antes do horário, fui encaminhada para a sala do médico e checava meus e-mails no celular quando duas batidinhas na porta avisaram que ele acabara de chegar. Levantei para cumprimentá-lo. Estendi a mão.

— Bom dia, doutor.

— Bom dia, Mariana. Como anda a cicatrização?

— Está ótima. Não senti desconforto algum nesses dias. Praticamente não sangrou e sinto como se este sinal nunca tivesse habitado meu corpo — brinquei.

— Não tenho uma boa notícia pra te dar — ele disse.

Fiquei tentando digerir aquela informação, mas ele logo traduziu:

— Chegou a biópsia enviada pelo laboratório — continuou, abrindo um envelope em cima da mesa e virando o resultado na minha direção. — Como tu pode ver, teu sinal é um melanoma.

O tom do médico era solene, e eu não queria aparentar nervosismo, apesar de observar minhas mãos, embaixo da mesa, transformadas subitamente em duas pás de uma batedeira elétrica ligada na máxima potência.

— Confesso que também fui pego de surpresa, Mariana. Nossa primeira providência agora é buscar um oncologista. Tem alguém da tua confiança? — ele perguntou.

— Não — respondi.

"Por que haveria de ter um oncologista da minha confiança?", pensei.

— Tu me permite telefonar pra um oncologista da minha confiança? — ele quis saber.

— Ahã.

O médico levantou o telefone do gancho e pediu para a secretária fazer a ligação.

Eu não estava entendendo muito bem por que um oncologista precisava ser incluído na história, uma vez que o sinal havia sido removido do meu ombro. Ok, o diagnóstico havia dado positivo para melanoma, mas já tínhamos tirado a mancha por completo. Isso não significava ter removido o melanoma? Não. A coisa era bem mais complexa.

Melanoma é um tipo de câncer que atinge o tecido epitelial. Representa 5% dos tipos de câncer de pele — e é o mais grave. Ele se desenvolve nos melanócitos, células responsáveis pela pigmentação da pele. Trata-se de uma lesão maligna, potencialmente grave e com alta taxa de mortalidade nos estágios mais avançados, uma vez que aumenta a probabilidade de formação de metástases, o que complica o quadro e dificulta a cura.

Eu havia removido o melanoma, mas não era possível saber se o tecido do meu ombro estava comprometido. Portanto, era necessária a cirurgia para remover ainda mais tecido e aumentar, segundo denominação médica, a "margem de segurança". Esse procedimento reduz a probabilidade de ficarem células cancerígenas na zona do tumor. A extensão e a profundidade da pele a ser removida dependem da espessura do melanoma e do quão profundamente ele invadiu a pele. De uma maneira geral, pode-se dizer que, quanto maior a margem de segurança, maior a possibilidade de se retirar completamente o tumor, embora isso possa significar maior trauma cirúrgico. Ao contrário, margens de segurança mais reduzidas podem acarretar maior chance de recidiva do tumor.

Segundo a Organização Mundial de Saúde, o câncer de pele é responsável por 66 mil mortes por ano em todo o mundo, 80% das quais causadas por melanomas. A cada ano que passa, a incidência aumenta. Mais da metade dos pacientes têm menos de 59 anos. É considerado um câncer que atinge pessoas jovens e o tipo que mais vem crescendo nos últimos anos. Entre os principais fatores de risco para a doença destacam-se a pele clara (meu caso), a exposição exagerada ao sol (na adolescência, como qualquer adolescente), nevos displásicos congênitos (meu caso) e história de câncer de pele em algum membro da família.

Quando tinha 15 anos, surpreendi meu pai ao entrar sem bater em seu escritório de casa. Nunca esqueci aquela cena. Ele estava com a perna em cima da mesa fazendo um curativo numa ferida muito, muito feia. Naquela época, tinha 40 anos e havia sido diagnosticado com a mesma doença que agora me atingia — e coincidência: eu também havia acabado de completar 40.

Desde então, meu pai sempre pregou vigilância constante com os sinais. Pelos meus cálculos, já devo ter tirado cerca de 15 manchas em diversas partes do corpo — do pescoço à planta do pé. Mas sempre me senti imune a algo mais sério. Sei que todos nós estamos suscetíveis a doenças, sei que, pelo histórico da família, devo estar atenta para o desenvolvimento do câncer. Mas nunca pensei que ele pudesse me surpreender tão cedo. Nunca pensei que pudesse me pegar tão desprevenida e justamente na fase mais feliz e realizada da minha vida.

Estávamos em pleno janeiro, a uma semana do carnaval. O paradeiro do oncologista de confiança, informou a secretária, era um destino bem longe do sul do Brasil. O médico pediu para que ela discasse para um segundo nome.

— Tentei falar com ele ontem, doutor. Também não está em Porto Alegre — ela informou.

Ele sugeriu um terceiro contato e passou a ela o número de celular. Tudo era surreal demais. Tinha a sensação de estar assistindo aquela cena de fora, como uma terceira pessoa. Aquela Mariana não era eu. Eu tinha combinado de demorar no máximo meia hora naquela consulta. Eu só queria que o médico dissesse que a cicatrização estava ótima. Depois, eu voltaria para casa, tomaria café da manhã com o Chico, passearia com o Bento e iria trabalhar, como num dia qualquer. Não estava nos meus planos procurar um oncologista em Porto Alegre às vésperas do carnaval porque alguém havia inventado que eu estava com câncer. Em que momento Deus escreveu esse capítulo da minha vida e não me avisou?

"Preciso avisar alguém", pensei.

O problema era quem. A mãe estava em Punta del Este. Naquela hora, provavelmente, acordando. O Chico estava em casa me esperando para o café. O pai tinha vindo do Uruguai no dia anterior para cuidar de alguns pacientes e já estava com a passagem comprada para voltar na manhã seguinte.

"A quinta-feira de quem eu vou estragar primeiro?", continuei pensando.

A secretária retornou e avisou que o terceiro nome dos oncologistas de confiança também estava ausente da cidade.

— Posso telefonar pro meu pai? — perguntei.

— Claro, Mariana. Fica à vontade.

Peguei o celular com as mãos de batedeira elétrica e liguei para o celular do pai.

— Oi, Megui! — ele atendeu.

— Oi, Baba. Pode falar?

— Posso.

Então, comecei a fazer um rodeio sem fim.

— Lembra aquela vez que tu descobriu um melanoma na perna?

— Sim. O que é que tem?

— Lembra quem cuidou do teu caso?

— Ah, não sei, minha filha... Faz tempo. Foram vários médicos.

— Tu lembra o nome de um?

— O que tu quer, Mariana?

— Lembra aquele sinal no meu ombro direito que achei meio feio e que daí cocei e ele sangrou?

— Aquele sinal que te falei pra tirar? Lembro. Tu já tirou?

— Pois é... Eu tirei. E agora vim aqui no médico pra acompanhar a cicatrização, e ele me mostrou o resultado da biópsia.

— E o que é que deu?

— Deu que é um melanoma.

Fez-se o silêncio.

— Vou te passar o doutor! — falei.

Entreguei o celular para o médico se entender com o pai. Eu não saberia nem começar a tentar explicar o que dizia naquele pedaço de papel. O diálogo entre os dois só piorava a minha ignorância no assunto. Resumo da conversa: eu tinha um melanoma cutâneo do tipo espalhamento superficial, não ulcerado, Clark 4, fase vertical, apresentando espessura tumoral máxima de um milímetro (índice de Breslow) e índice mitótico médio de zero a uma mitose por milímetro quadrado.

— Claro, claro, claro... — dizia o médico para o pai.

“O que era tão claro?”, eu pensava.

— Vou passar para a Mariana — falou o médico.

E me devolveu o celular.

— Mari?

— Oi, Baba.

— Estou te passando por torpedo o celular do Toninho. Liga pra ele agora. Depois me liga de volta.

Antônio Nocchi Kalil, o Toninho, é um primo querido e um médico excepcional. Eu não via nem falava com o Toninho desde meu casamento, três anos antes. Liguei para ele, o celular tocou uma vez, ele atendeu. Expliquei o caso. Toninho pediu que eu tirasse uma foto do resultado da biópsia e outra foto da minha carteira do plano de saúde e que enviasse tudo por torpedo naquele instante. Informou que estava chegando na Santa Casa de Misericórdia de Porto Alegre e que daria entrada na minha internação no Hospital Santa Rita, centro de excelência em câncer. A ideia era me operar na manhã do dia seguinte. Toninho disse também que me retornava com a confirmação da cirurgia em seguida. E o mais importante de tudo: que eu permanecesse tranquila.

— Vai ficar tudo bem.

Tão igual e tão diferente

A mesma mão que havia estendido para cumprimentar o dermatologista, estendia agora para me despedir. Em uma hora de consulta, um tornado tinha convulsionado a minha existência sobre a Terra. Vi que havia dois torpedos do Chico perguntando se eu ia demorar e se precisava de alguma coisa.

— Já estou voltando. Está tudo certo — escrevi, e desatei a chorar abraçada na direção do carro no estacionamento do consultório médico.

Sequei as lágrimas na garagem do prédio antes de subir. Abri a porta de casa e estavam os dois, Chico e Bento, no escritório. Retribuí a festa do Bento ao me ver prestando ainda mais atenção em como tudo na vida da gente pode se transformar de repente. Estava tudo tão igual e ao mesmo tempo tão diferente.

— E aí, como foi? O que o médico disse da cicatrização? — perguntou o Chico.

Puxei minha cadeira para junto dele, coloquei minhas duas mãos em cima das pernas dele e comecei a chorar.

— Meu sinal é um melanoma, um câncer de pele, e eu estou com medo — disse.

— Olha pra mim — ele respondeu, segurando meu rosto. — Eu estou aqui, sou teu parceiro e vou te ajudar. Nós vamos passar juntos por isso. Fica bem tranquila.

E o mais importante de tudo:

— Vai ficar tudo bem.

Gritos e trovoadas

Já tinha estragado a quinta-feira do pai e a do Chico. Era chegada a hora de estragar a quinta-feira da mãe. Fiquei pensando com que palavras eu diria para ela, que, naquela altura, curtia merecidas férias em Punta del Este, que eu havia acabado de chegar do dermatologista com diagnóstico de melanoma, que iria me operar na manhã do dia seguinte, que a anestesia seria geral e que começaria também uma investigação para possíveis focos de metástase pelo meu corpo. Ponderei que o melhor seria ir direto ao ponto. O problema foi encontrar o ponto.

— Mãe?

— Oi, minha filha.

— Tudo bem?

— Tudo e tu?

— Tudo... Mãe?

— O que é, Mariana?

— Onde é que tu está?

— Como onde é que eu estou, Mariana? Em Punta!

(Mais tarde, ela me diria que, neste momento, teve a sensação de que algo não estava bem).

— Mas tu está em casa? — perguntei.

— Sim, na cozinha, fazendo meu café.

— Mãe?

— Aconteceu alguma coisa, Mariana?

— Não. Está tudo bem. É só aquele sinal do meu ombro, lembra?

— Lembro, aquele que tu achou feio, que coçou e sangrou e tu falou que iria tirar.

— É, tirei. Voltei do médico agora, e ele me disse que é um melanoma.

Fez-se o silêncio — e revelou-se a diferença crucial de temperamento da minha mãe e do meu pai, porque, então, depois do silêncio, fez-se o grito. Um, não. Vários.

— Eu não acredito! — foi o grito número um.

— Como assim um melanoma, Mariana? — foi o grito número dois.

— Um melanoma, mãe. Mas já falei com o pai e com o Toninho e vou fazer a cirurgia amanhã.

— Mas é coisa simples, né, minha filha? Procedimento ambulatorial, com anestesia local, não é?

— Não, mãe. A anestesia é geral, e a cirurgia será realizada no Hospital Santa Rita.

— Anestesia geral? — foi o grito número três.

— É, mãe... Anestesia geral.

— Mas então é grave, Mariana! — foi o grito número quatro.

Mais do que incorporar o positivismo do Chico e do Toninho, agora eu precisava encontrar uma maneira de verbalizá-lo para tranquilizar a minha mãe. Fechei os olhos, minha garganta queimou com o choro contido e desejei em voz alta e engasgada:

— Não te preocupa, mãezinha. Vai ficar tudo bem.

Muito prazer, sou o linfonodo sentinela

Na sexta-feira, 1º de fevereiro de 2013, desembarquei no estacionamento do Hospital Santa Rita de mãos dadas com a mãe e com o Chico. Fomos orientados a subir até o setor de Medicina Nuclear. Meu pai e minha irmã juntaram-se a nós na sala de espera.

As últimas 24 horas tinham proporcionado um maremoto de emoções acompanhadas de uma coleção de nomenclaturas médicas que agora faziam parte da minha nova realidade. A aventura estava apenas começando e atendia pelo nome de linfocintilografia.

— Linfo o quê? — perguntei para a auxiliar de enfermagem.

— A linfocintilografia pré-operatória é um exame em que se injetam partículas radioativas na volta do tumor para identificar gânglios com células cancerígenas — ela explicou.

Fui conduzida a uma sala em que levei uma série de injeções ardidas, contendo contraste, um líquido azulado, e fui obrigada a permanecer deitada e imóvel em uma cama esperando que a radiação azul viajasse pelo meu corpo e apontasse qual era o destino final de outra novidade — uma nova e desconhecida criatura, de que, até então, eu nunca tinha ouvido falar e que também fazia parte da minha atual realidade: o linfonodo sentinela.

O linfonodo sentinela é o primeiro gânglio linfático a receber células provenientes do tumor através da circulação dos vasos linfáticos. Como o meu tumor estava localizado no ombro, havia dois destinos prováveis de encontrá-lo: na axila ou no pescoço. A torcida era para que o linfonodo sentinela estivesse na axila. Além da remoção do máximo de tecido em volta do tumor, eu seria submetida a um segundo corte, que variaria entre dois e quatro centímetros, para a extração desse gânglio com o objetivo de detectar nele focos de metástase. Portanto, o melhor seria cortar embaixo da axila do que o destino me pregar uma segunda peça e acabar meus dias com um bisturi enfiado na jugular.

Deitada e imóvel, fiquei por quase uma hora esperando a longa viagem da radiação pelo meu corpo. Na mesma sala, Chico, pai e mãe me acompanhavam, além do Toninho e de toda a junta médica. Eu não enxergava nada além do teto, mas eles conseguiam assistir, através de um monitor, para qual área do meu corpo — o pescoço ou a axila — movia-se aquela radiação. Tamanha era a torcida de todos para que o contraste encontrasse o linfonodo sentinela embaixo do meu braço que cada um externava o estresse de uma forma particular: o pai mudo, o Chico esfregando as mãos, e a mãe... Bem, a mãe não gritou. Mas deixou a sala com dois dentes quebrados de tanto contrair a mandíbula de tensão.

Eu permanecia imóvel, mentalizando a radiação dirigindo-se para a axila. Abri os olhos quando a médica me cutucou e disse baixinho, com um sorriso nos olhos:

— Boas notícias. O linfonodo sentinela está na axila.

Outra médica aproximou-se e fez um xis com caneta no local exato onde o Toninho deveria abrir, durante a cirurgia, para a retirada do gânglio. Assim, terminado o primeiro tempo da partida *Mariana versus Melanoma,* com vitória de 1 x 0 para Mariana, fui encaminhada para a preparação rumo ao bloco cirúrgico.

Contratempo, revés e tragédia

— Me acompanhe até o banheiro — convidou a enfermeira, uma senhora muito simpática.

Estávamos em um dos quartos do Hospital Santa Rita, e eu precisava tirar toda a roupa, todos os metais do corpo e vestir aquele avental verde aberto para trás e que só contribui para tornar as coisas piores do que elas já são. Sozinha com a enfermeira no banheiro, enquanto Chico, pai, mãe e Lucia dividiam um sofá de dois lugares no quarto, tirei o jeans, a camiseta rosa-claro, a sapatilha, a lingerie, os brincos, a aliança de casamento, o anel de estimação do pé, enrolei o cabelo em um coque, vesti o avental verde virado para trás e me apresentei para o segundo tempo da partida.

— Tem que tirar o piercing do nariz também — avisou a enfermeira.

— E se ele não sair? — perguntei.

— Ele vai ter que sair.

Nunca havia cogitado a hipótese de precisar tirar do nariz o piercing que havia colocado em São Paulo na época em que me sentia a moderninha do baixo Augusta. Não tinha a menor ideia de por onde começar. Saí do banheiro e dividi o drama com a família.

— Tenho que tirar o piercing do nariz — avisei.

— Então, tira — minimizou o pai.

— Não sei tirar.

— Não sabe tirar? É só puxar a tarraxa — falou a Lucia.

— Não é de tarraxa. Ele tem uma espiral, e não sei como rodopiar essa espiral lá dentro do nariz pro piercing sair.

— Enfia o dedo no nariz e gira! — simplificou o Chico.

Eu já havia me apresentado diante do meu marido sem o mínimo de dignidade, com avental verde e chinelinho de hospital. Enfiar o dedo no nariz já era um pouco demais.

— Já volto — respondi.

Me encerrei no banheiro.

Do lado de dentro, eu só ouvia a voz da mãe-dois--dentes-quebrados:

— Não sei por que essas gurias inventam essas coisas. Olha a orelha dessa aí — apontava para a Lucia e seus quatro piercings na orelha direita e outros três na esquerda. — O que parece isso? Toda furada! E agora a outra com esse troço que não sai do nariz na hora de ir pra sala de cirurgia!

A única solução era manter a calma. Como prega o Chico, *não perder o foco e minimizar o problema*. Meu problema maior não era aquele piercing desgraçado em forma de espiral enfiado no nariz. Meu problema maior era o melanoma. Era para ele que deveria guardar força, energia e concentração. Nessas horas, gosto muito de lembrar da distinção entre um contratempo, um revés e uma tragédia. Se a gente parar para analisar, a maioria das coisas ruins que acontecem na vida são contratempos. Reveses são mais sérios, mas podem ser corrigidos. Já quem passa por uma tragédia entende bem a diferença. Todas as coisas na vida são colocadas em termos de proporção e perspectiva. A probabilidade maior é de que o que está nos angustiando agora seja apenas um contratempo. "Então, Mariana, relaxe", pensei.

Foi mentalizando esse relaxamento e acreditando estar vivendo apenas um contratempo que consegui tirar o piercing do nariz dez minutos depois. Foi acreditando estar passando apenas por um revés que me acomodei na cadeira de rodas e fui conduzida pela enfermeira pelos corredores do hospital. Foi com a certeza de que logo estaria de volta que olhei para trás, dei um sorriso e um último aceno antes que fossem fechadas as portas do bloco cirúrgico.

A estrela do bloco cirúrgico

Acordei cinco horas depois com alguém cutucando meu pé e chamando meu nome. Ouvia lá no fundo:

— Mariana, Mariana... Acorda, Mariana!

Estava na sala de recuperação junto com outros três

pacientes recém-operados. O relógio na parede à minha frente marcava quase cinco e meia. Era o horário de mudança de turno da enfermagem — e uma das enfermeiras passava o histórico e as orientações sobre cada um de nós para a outra, que acabara de chegar.

Sentia o ombro muito dolorido. Para garantir a retirada da maior quantidade de tecido comprometido possível — a chamada *margem de segurança* —, Toninho havia arrancado até a minha pobre fáscia fora. Também não se limitou à extração do linfonodo sentinela da axila. Aproveitou e tirou mais uma meia dúzia de gânglios para análise. Não era por nada que minha axila latejava. Ainda incomodava a sensação estranha de uma picada de agulha no braço direito. Espiei embaixo do lençol e calculei que o Toninho deveria ter aproveitado minha viagem com Propofol para aumentar a carnificina e já retirar um nevo azul de estimação que deveria ter julgado suspeito.

— E aqui está a Mariana — disse a enfermeira, aproximando-se com a colega da minha cama.

Olhei para as duas e sorri.

— Essa é a famosa Mariana então! — exclamou a enfermeira substituta.

"O que foi que eu fiz?", pensei.

— Todo o bloco cirúrgico já sabe da tua existência — ela continuou.

— É...? — perguntei, meio constrangida.

— Tu tem o marido mais insistente e mais apaixonado que eu já conheci. Ele não para de tocar a campainha para saber notícias tuas.

Meu apaixonado marido estava em pé, de prontidão,

na porta do bloco cirúrgico. A cirurgia havia demorado mais do que o previsto — e a tensão não permitia a ele nem a mais ninguém esperar sentado dentro do quarto. Quando a porta se abriu e pude ser admirada viva em cima da maca, fui conduzida e seguida pela família busca-pé até a sala onde seria submetida ao exame de tomografia computadorizada. A partida contra o melanoma ainda não tinha terminado. Continuava a investigação atrás de possíveis metástases espalhadas em outros órgãos do meu corpo.

Muita luz até o fim do túnel

A primeira grande notícia recebi três dias depois da cirurgia, com o resultado negativo para células tumorais no tecido retirado ao redor do melanoma e a ausência de células tumorais no linfonodo sentinela e nos outros gânglios; a primeira alta eu recebi uma semana depois, com o resultado patológico negativo para metástases em outros órgãos do corpo.

Outras muitas altas desejo receber pelos próximos anos. São necessários cinco para a medicina me considerar curada. No primeiro ano, preciso me submeter a exames investigativos de três em três meses; depois, de seis em seis; depois, anuais — e assim por diante. Minha resolução de vida é fazer check-ups semestrais não importando a necessidade. "É melhor prevenir do que remediar", o ditado nunca fez tanto sentido.

Naquela noite pós-cirurgia, dormi no quarto do hospital. Ou melhor, não dormi. Passei em claro. Deitada, ouvindo barulho das sirenes de ambulâncias que partiam e chegavam, repensei toda a minha trajetória. Avaliei o que poderia ter feito diferente e me emocionei ao constatar que era feliz. Muito feliz. Só queria de volta a minha vida exatamente como ela era.

Demorou até aprender a viver com leveza e conseguir enxergar o mundo em termos de proporção e perspectiva. A felicidade nunca está em outro lugar. Ela vive aqui e agora, na capacidade de valorizar as pequenas grandes coisas que estão disponíveis ao redor: as coisas simples e boas. Ela é o passeio diário com o cachorro, o encontro inusitado com a irmã logo ali na esquina, o quibe cru da casa da mãe, o churrasquinho do pai, o deboche e as implicâncias do irmão, o chope com os amigos, a camisa de flanela emprestada do marido num dia de chuva de domingo, uma taça de vinho tinto ao chegar em casa depois do trabalho, o tubo novo de pasta de dente para começar a ser apertado onde a gente bem entender, a louça limpa no escorredor da pia, as jabuticabas que brotam no pé, a banana prata do café da manhã, o velho jeans que voltou a fechar na cintura, os 30 dias de férias, a saudade do trabalho. Ela é o cutucão de alerta divino, o diagnóstico negativo a tempo de repensar tudo e a oportunidade de continuar viva.

Insone naquela cama de hospital, só pedi a Deus que vigiasse a minha saúde e continuasse avisando, com antecedência, das providências a serem tomadas.

— Do resto cuido eu — prometi.

Senti minhas mãos envolvidas pelas mãos da vó Iolande, que morreu com 103 anos. Estranhamente, eram mãos jovens e bonitas, mas não havia dúvida de que eram as mãos dela — o esmalte rosa antigo também era o mesmo. As mãos da vó Iolande me faziam companhia, acariciando com amor e delicadeza as minhas mãos.

— Eu também vou ficar bem velhinha, viu, vó? — cochichei para ela e, mais do que tudo, para mim mesma.

Nessa vida peregrina, quero ser a última a apagar a luz.

Muito obrigada, José e Magda Outeiral.

Para consultar nosso catálogo completo e obter mais informações
sobre os títulos, acesse www.dublinense.com.br.

dublinense

Este livro foi composto em fontes Arno Pro, Angelic Serif e Variable
e impresso na gráfica Pallotti, em papel pólen bold 70g, em novembro de 2013.